中|华|国|学|经|典|普|及|本

人间词话

王国维　著

于海英　注

中国书店

图书在版编目（CIP）数据

人间词话 / 王国维著；于海英注 . —北京：中国
书店，2024.10
（中华国学经典普及本）
ISBN 978-7-5149-3397-0

Ⅰ . ①人… Ⅱ . ①王… ②于… Ⅲ . ①《人间词话》
Ⅳ . ① I207.23

中国国家版本馆 CIP 数据核字（2024）第 058691 号

人间词话

王国维 著　于海英 注
责任编辑：袁瀛

出版发行：中 国 书 店
地　　址：北京市西城区琉璃厂东街 115 号
邮　　编：100050
电　　话：（010）63013700（总编室）
　　　　　（010）63013567（发行部）
印　　刷：三河市嘉科万达彩色印刷有限公司
开　　本：880 mm×1230 mm　1/32
版　　次：2024 年 10 月第 1 版第 1 次印刷
字　　数：130 千
印　　张：7
书　　号：ISBN 978-7-5149-3397-0
定　　价：55.00 元

"中华国学经典普及本"编委会

顾　问　（排名不分先后）

　　　　王守常（北京大学哲学系教授，中国文化书院
　　　　　　　　原院长）

　　　　李中华（北京大学哲学系教授、博导，中国文
　　　　　　　　化书院原副院长）

　　　　李春青（北京师范大学文学院教授、博导）

　　　　过常宝（北京师范大学文学院原院长、教授、
　　　　　　　　博导，河北大学副校长）

　　　　李　山（北京师范大学文学院教授、博导）

　　　　梁　涛（中国人民大学国学院副院长、教授、
　　　　　　　　博导）

　　　　王　颂（北京大学哲学系教授、博导，北京
　　　　　　　　大学佛教研究中心主任）

编写组成员　（排名不分先后）

　　　　赵　新　王耀田　魏庆岷　宿春礼　于海英
　　　　齐艳杰　姜　波　焦　亮　申　楠　王　杰
　　　　白雯婷　吕凯丽　宿　磊　王光波　田爱群
　　　　何瑞欣　廖春红　史慧莉　胡乃波　曹柏光
　　　　田　恬　李锋敏　王毅龄　钱红福　梁剑威
　　　　崔明礼　宿春君　李统文

前言

20世纪初，清朝末年内忧外患，政权摇摇欲坠，外族入侵。在这风雨如晦的日子里，王国维也经历着思想观念的剧烈震荡。他于1902年因病从日本回国，觉得"人生之问题，日往复于前。自是始决从事于哲学"。虽然走进了康德、叔本华的哲学世界，但这些并不能满足他对人生意义的追求，于是王国维将学术上的注意力由哲学转向了文学领域，期望能在这非功利的美的享受中得到慰藉。《人间词话》就在其这一人生阶段写就。这本薄薄的小书完成于1906年至1908年，最初发表在《国粹学报》上。

《人间词话》并未以严谨的学术体系来呈现，而是以一条条品评文字来呈现思想。形式看似散漫，但王国维并非随意为之，而是有自己的一定之规，即它的神是聚着的，这就是"境界说"。这是全书的脉络。王国维认为，"有境界则自成高格，自有名句"，"言气质，言格律，言神韵，不如言境界"。那么，什么是境界呢？王国维是这样解释的："境非独谓景物也。喜怒哀乐，亦人心中之一境界。故能写真景物、真感情者，谓之有境界；否则谓之无境界。"根据这一标准，王国维明确地表达了自己对晚唐至近代著名词人的好恶之情。他着力推举苏轼、欧阳修、柳永、辛弃疾等人的词，同时又表达出对史达祖、吴文英、张炎、周密、陈允平等词人的贬抑倾向。

其实，在清朝词坛上，主要有浙派和常州派，前者竭力纠正明末词流于迂缓的毛病，因此主要学习南宋姜夔、张炎的词。其缺点在于主张清空，却流于浮薄；主张柔婉，却流于纤巧。于是常州派又起而纠正浙派的流弊，提倡深美闳约、醇厚沉着，强调词以立意为本，应有寄托，从而推崇周邦彦的词。王国维力图破此二派的弊端，发出词学新声，重新确立北宋词人的主流地位，因此《人间词话》可以说是文学史上一次自我纠偏。

当然，正如陈寅恪在给王国维所写的纪念碑铭文中所说："先生之著述，或有时而不彰。先生之学说，或有时而可商。"再有影响的书，也是一家之言，或有可商的余地，但此"独立之精神，自由之思想，历千万祀，与天壤而同久，共三光而永光"。

因此，《人间词话》问世以来，随着王国维的名声一直流传海内，在学术界享有十分崇高的地位，如朱光潜在《诗的隐与显——关于王静安的〈人间词话〉的几点意见》一文中说："近二三十年来，就我个人所读过的来说，似以王静安先生的《人间词话》为最精到。"对于很多不读古代文学批评专业书籍的人，也会随手准备这小小一个册子，做平时品诗评词的参考。

本书主要收录了《人间词话》的手定稿、删稿，以及其他散见于各处的王国维论词的文字，注释时借鉴了各位前辈学者的观点，在此表示诚挚的敬意和谢意。另外，王国维的学术思想博大精深，而编者才学如微尘之末，文字有不当之处，还请读者朋友指正。

目录

卷上　《人间词话》手定稿 / 001

卷下　《人间词话》删稿 / 091

《人间词话》附录 / 163

附录一　文学小言 / 189

附录二　屈子文学之精神 / 196

附录三　宋元戏曲考（节选）/ 201

卷上 《人间词话》手定稿

一

词以境界为最上。有境界则自成高格，自有名句。五代、北宋之词所以独绝者在此。

二

有造境，有写境，此理想与写实二派之所由分。然二者颇难分别。因大诗人所造之境必合乎自然，所写之境亦必邻于理想故也。

三

有有我之境，有无我之境。"泪眼问花花不语，乱红飞过秋千去""可堪孤馆闭春寒，杜鹃声里斜阳暮"，有我之境也。"采菊东篱下，悠然见南山""寒波澹澹起，白鸟悠悠下"，无我之境也。有我之境，以我观物，故物皆着我之色彩。无我之境，以物观物，故不知何者为我，何者为物。古人为词，写有我之境者为多，然未始不能写无我之境，此在豪杰之士能自树立耳。

鹊踏枝

[北宋] 欧阳修

庭院深深深几许。杨柳堆烟①，帘幕②无重数。玉勒雕鞍游冶处③，楼高不见章台路④。

雨横风狂三月暮。门掩黄昏，无计留春住。泪眼问花花不语，乱红飞过秋千去。

【注释】

①堆烟：形容翠绿的杨柳。

②帘幕：此处指杨柳成行，如无数帘幕低垂。

③游冶处：指寻欢作乐之处。

④章台路：汉代长安有章台街，是妓馆所在。后来即以此代指歌女聚居处。

踏莎行

[北宋] 秦观

雾失楼台，月迷津渡①。桃源望断无寻处。可堪孤馆闭春寒，杜鹃声里斜阳暮。

驿寄梅花，鱼传尺素②。砌成此恨无重数。郴江③幸自④绕郴山，为谁流下潇湘去。

【注释】

①津渡：渡口。

②尺素：书信。

③郴（chēn）江：出自黄岑山，向北流过湖南郴州，流入湘江。

④幸自：本是。

饮酒　其五

[东晋] 陶渊明

结庐在人境，而无车马喧。
问君何能尔，心远地自偏。
采菊东篱下，悠然见南山。
山气日夕佳，飞鸟相与还。
此中有真意，欲辨已忘言。

颖亭①留别

[金] 元好问

故人重分携②，临流驻归驾。

乾坤展清眺，万景若相借③。

北风三日雪，太素秉元化。

九山郁峥嵘，了不受陵跨④。

寒波澹澹起，白鸟悠悠下。

怀归人自急，物态本闲暇。

壶觞负吟啸，尘土足悲咤。

回首亭中人，平林淡如画。

【注释】

①颖亭：在今河南登封颖水边。

②分携：离别。

③相借：相互凭借。此处指浑蒙统一。

④陵跨：凌驾。此处指被大雪覆盖。

四

无我之境，人惟于静中得之。有我之境，于由动之静时得之。故一优美，一宏壮也。

五

自然中之物，互相关系，互相限制。然其写之于文学及美术中也，必遗其关系、限制之处。故虽写实家，亦理想家也。又虽如何虚构之境，其材料必求之于自然，而其构造，亦必从自然之法则。故虽理想家，亦写实家也。

六

境非独谓景物也。喜怒哀乐，亦人心中之一境界。故能写真景物、真感情者，谓之有境界。否则谓之无境界。

七

"红杏枝头春意闹"，着一"闹"字，而境界全出。"云破月来花弄影"，着一"弄"字，而境界全出矣。

【引用诗词】

玉楼春　春景

[北宋] 宋祁

东城渐觉风光好，縠^①皱波纹迎客棹^②。绿杨烟外晓寒轻，红杏枝头春意闹。

浮生长恨欢娱少，肯爱千金轻一笑。为君持酒劝斜阳，且向花间留晚照。

【注释】

①縠（hú）：绉纱。

②棹（zhào）：船桨。此处代指船。

天仙子

[北宋] 张先

时为嘉禾小倅^①，以病眠，不赴府会。

水调数声持酒听，午醉醒来愁未醒。送春春去几时回，临晚镜，伤流景，往事后期空记省。

沙上并禽池上暝，云破月来花弄影。重重帘幕密遮灯，风不定，人初静，明日落红应满径。

【注释】

①小倅（cuì）：判官，掌文书。

八

境界有大小，不以是而分优劣。"细雨鱼儿出，微风燕子斜"，何遽不若"落日照大旗，马鸣风萧萧"。"宝帘闲挂小银钩"，何遽不若"雾失楼台，月迷津渡"也。

【引用诗词】

水槛遣心二首　其一

〔唐〕杜甫

去郭轩楹①敞，无村眺望赊②。

澄江平少岸③，幽树晚多花。

细雨鱼儿出，微风燕子斜。

城中十万户，此地两三家。

【注释】

①轩楹（yíng）：廊柱。这里指草堂水亭等。

②赊：远。

③平少岸：指江水涨到与岸齐平。

后出塞五首　其二

［唐］杜甫

朝进东门营①，暮上河阳桥。

落日照大旗，马鸣风萧萧。

平沙②列万幕③，部伍各见招。

中天悬明月，令严夜寂寥。

悲笳数声动，壮士惨不骄。

借问大将谁，恐是霍嫖姚④。

【注释】

①东门营：河南洛阳城东的上东门外的兵营。

②平沙：沙漠。

③幕：营帐。

④霍嫖姚：汉代大将霍去病。

浣溪沙

［北宋］秦观

漠漠轻寒上小楼，晓阴无赖似穷秋。淡烟流水画屏幽。

自在飞花轻似梦，无边丝雨细如愁。宝帘闲挂小
银钩。

九

严沧浪《诗话》谓："盛唐诸公，唯在兴趣。羚羊挂
角，无迹可求。故其妙处，透彻玲珑，不可凑拍。如空中
之音、相中之色、水中之影、镜中之象，言有尽而意无
穷。"余谓北宋以前之词，亦复如是。然沧浪所谓兴趣，
阮亭所谓神韵，犹不过道其面目，不若鄙人拈出"境界"
二字，为探其本也。

一〇

太白纯以气象胜。"西风残照，汉家陵阙"，寥寥八
字，遂关千古登临之口。后世唯范文正之《渔家傲》、夏
英公之《喜迁莺》，差足继武，然气象已不逮矣。

【引用诗词】

忆秦娥

［唐］李白

箫声咽，秦娥梦断秦楼月。秦楼月，年年柳色，灞

陵伤别。

乐游原上清秋节，咸阳古道音尘绝。音尘绝，西风残照，汉家陵阙。

渔家傲

[北宋] 范仲淹

塞下秋来风景异，衡阳雁去无留意。四面边声连角起。千嶂里，长烟落日孤城闭。

浊酒一杯家万里，燕然未勒归无计。羌管悠悠霜满地。人不寐，将军白发征夫泪。

喜迁莺

[北宋] 夏竦

霞散绮，月垂钩，帘卷未央楼。夜凉银汉①截天流，宫阙锁清秋。

瑶台树，金茎露，凤髓②香盘烟雾。三千珠翠③拥宸游④，水殿按凉州⑤。

【注释】

①银汉：银河。

②凤髓：香名。

③珠翠：此处指宫女。

④宸游：皇帝出游。

⑤凉州：大曲名。

———

张皋文①谓飞卿②之词"深美闳约"。余谓此四字唯冯正中③足以当之。刘融斋④谓飞卿"精艳绝人"，差近之耳。

【注释】

①张皋文：清代词人、散文家张惠言（1761—1802），原名一鸣，字皋文，一作皋闻，号茗柯，武进（今江苏常州）人。辑有《词选》。

②飞卿：唐代温庭筠（约812—约866），本名岐，字飞卿，太原祁（今山西祁县）人。

③冯正中：五代十国时期南唐冯延巳（903—960），字正中，五代江都府（今江苏扬州）人。

④刘融斋：清代刘熙载（1813—1881），字伯简，号融斋，晚号寤崖子，江苏兴化人。著有《艺概》等。

一二

"画屏金鹧鸪"，飞卿语也，其词品似之。"弦上黄莺语"，端己①语也，其词品亦似之。正中词品，若欲于其词句中求之，则"和泪试严妆"，殆近之欤？

【注释】

①端己：韦庄（约836—约910），字端己，京兆杜陵（今陕西西安附近）人，晚唐五代诗人、词人。诗人韦应物的四世孙。

【引用诗词】

更漏子

［唐］温庭筠

柳丝长，春雨细，花外漏声迢递①。惊塞雁，起城乌，画屏金鹧鸪。

香雾薄，透帘幕，惆怅谢家②池阁。红烛背，绣帘垂，梦长君不知。

【注释】

①漏声：漏壶滴水声。这里指打更报时声。迢递：辽远。
②谢家：此处指女子居所。

菩萨蛮

［唐］韦庄

红楼[1]别夜堪惆怅，香灯半卷流苏帐。残月出门时，美人和泪辞。

琵琶金翠羽[2]，弦上黄莺语。劝我早归家，绿窗[3]人似花。

【注释】

①红楼：富贵人家住所。

②金翠羽：翡翠鸟的羽毛，装饰在琵琶的弹拨部位。

③绿窗：女子所居之处，碧纱窗。

菩萨蛮

［五代南唐］冯延巳

娇鬟堆枕钗横凤，溶溶[1]春水杨花梦。红烛泪阑干[2]，翠屏烟浪寒。

锦壶催画箭[3]，玉佩天涯远。和泪试严妆[4]，落梅飞晓霜。

【注释】

①溶溶：形容水盛。

②阑干：纵横貌。

③锦壶催画箭：指计时的漏壶不断滴水，水箭很快移动。

④严妆：指盛装。

一三

南唐中主词"菡萏香销翠叶残，西风愁起绿波间"，大有众芳芜秽，美人迟暮之感。乃古今独赏其"细雨梦回鸡塞远，小楼吹彻玉笙寒"，故知解人正不易得。

【引用诗词】

浣溪沙

[五代南唐] 李璟

菡萏香销翠叶残，西风愁起绿波间。还与韶光共憔悴，不堪看。

细雨梦回鸡塞①远，小楼吹彻②玉笙寒。多少泪珠无限恨，倚阑干。

【注释】

①鸡塞：鸡鹿塞，在今天内蒙古自治区杭锦后旗。此处泛指边远地区。

②吹彻：吹奏到最后一曲。

一四

温飞卿之词，句秀也。韦端己之词，骨秀也。李重光①之词，神秀也。

【注释】

①李重光：南唐后主李煜，字重光。

一五

词至李后主而眼界始大，感慨遂深，遂变伶工之词而为士大夫之词。周介存①置诸温、韦之下，可谓颠倒黑白矣。"自是人生长恨水长东""流水落花春去也，天上人间"，《金荃》《浣花》，能有此气象耶？

【注释】

①周介存：清代周济（1781—1839），字保绪，一字介存，号未斋，晚号止庵。江苏荆溪（今江苏宜兴）人。

【引用诗词】

相见欢

［五代南唐］李煜

林花谢了春红，太匆匆。无奈朝来寒雨晚来风。

胭脂泪，留人醉，几时重。自是人生长恨水长东。

浪淘沙令

［五代南唐］李煜

帘外雨潺潺①，春意阑珊②，罗衾不耐五更寒。梦里不知身是客，一晌贪欢。

独自莫凭阑，无限江山，别时容易见时难。流水落花春去也，天上人间。

【注释】

①潺（chán）潺：这里形容雨声。

②阑珊：将尽之时，衰残。

一六

词人者，不失其赤子之心者也。故生于深宫之中，长于妇人之手，是后主为人君所短处，亦即为词人所长处。

一七

客观之诗人，不可不多阅世。阅世愈深，则材料愈丰富，愈变化，《水浒传》《红楼梦》之作者是也。主观之诗人，不必多阅世，阅世愈浅，则性情愈真，李后主是也。

一八

尼采谓："一切文学，余爱以血书者。"后主之词，真所谓以血书者也。宋道君皇帝①《燕山亭》词亦略似之。然道君不过自道身世之戚，后主则俨有释迦、基督担荷人类罪恶之意，其大小固不同矣。

【注释】

①宋道君皇帝：宋徽宗赵佶。北宋第八位皇帝，自创书法字体，后人称之为"瘦金体"。

【引用诗词】

燕山亭 北行见杏花

[北宋]赵佶

裁剪冰绡①，轻叠数重，淡着胭脂匀注。新样靓妆，艳溢香融，羞杀蕊珠宫②女。易得凋零，更多少、无情风雨。愁苦。闲院落凄凉，几番春暮。

凭寄离恨重重，者双燕何曾，会人言语。天遥地远，万水千山，知他故宫③何处。怎不思量，除梦里、有时曾去。无据。和④梦也、新来不做。

【注释】

①冰绡（xiāo）：白色丝绸，此处比喻杏花花瓣。

②蕊珠宫：指传说中的仙宫。

③故宫：此处指汴京。

④和：连。

一九

冯正中词虽不失五代风格，而堂庑特大，开北宋一代风气。与中、后二主词皆在《花间》范围之外，宜《花间集》中不登其只字也。

二〇

正中词除《鹊踏枝》《菩萨蛮》十数阕最煊赫外，如《醉花间》之"高树鹊衔巢，斜月明寒草"，余谓韦苏州①之"流萤渡高阁"，孟襄阳②之"疏雨滴梧桐③"，不能过也。

【注释】

①韦苏州：唐代诗人韦应物（737—792），长安（今陕西西安）人。

②孟襄阳：唐代诗人孟浩然（689—740），出生于湖北襄阳。

③疏雨滴梧桐：唐朝王士源在《孟浩然集序》中记载："浩然尝闲游秘省，秋月新霁，诸英华赋诗作会。浩然句云：'微云淡河汉，疏雨滴梧桐。'举座嗟其清绝，咸阁笔不复为继。"

【引用诗词】

醉花间

[五代南唐] 冯延巳

晴雪小园春未到，池边梅自早。高树鹊衔巢，斜月明寒草。

山川风景好，自古金陵道。少年看却老。相逢莫厌醉金杯，别离多，欢会少。

寺居独夜寄崔主簿

[唐] 韦应物

幽人①寂无寐，木叶纷纷落。
寒雨暗深更，流萤渡高阁。
坐使青灯晓，还伤夏衣薄。
宁知岁方晏，离居更萧索。

【注释】

①幽人：此处指隐士。

二一

欧九①《浣溪沙》词："绿杨楼外出秋千。"晁补之②谓：只一"出"字，便后人所不能道。余谓此本于正中《上行杯》词"柳外秋千出画墙"，但欧语尤工耳。

【注释】

①欧九：北宋欧阳修（1007—1072），字永叔，号醉翁、六一居士，吉州永丰（今江西吉安）人。

②晁补之（1053—1110）：字无咎，号归来子。济州巨野（今属山东巨野）人，北宋时期著名文学家。为"苏门四学士"（另有北宋诗人黄庭坚、秦观、张耒）之一。

【引用诗词】

浣溪沙

［北宋］欧阳修

堤上游人逐画船，拍堤春水四垂天。绿杨楼外出秋千。

白发戴花君莫笑，六幺①催拍盏频传。人生何处似尊前。

【注释】

①六幺：又称《绿腰》，曲调名。

上行杯

［五代南唐］冯延巳

落梅着雨消残粉，云重烟轻寒食近。罗幕遮香，柳外秋千出画墙。

春山①颠倒钗横凤，飞絮入帘春睡重。梦里佳期，只许庭花与月知。

【注释】

①春山：此处形容女子的眉毛。

二二

梅圣俞①《苏幕遮》词："落尽梨花春又了。满地残阳，翠色和烟老。"刘融斋谓少游一生似专学此种。余谓冯正中《玉楼春》词："芳菲次第长相续，自是情多无处足。尊前百计得春归，莫为伤春眉黛蹙。"永叔一生似专学此种。

【注释】

①梅圣俞：梅尧臣（1002—1060），字圣俞，北宋著名诗人。宣州宣城（今属安徽）人，宣城古称宛陵，故世称宛陵先生。

【引用诗词】

苏幕遮

[北宋] 梅尧臣

露堤平，烟墅杳。乱碧萋萋^①，雨后江天晓。独有庾郎^②年最少。窣地^③春袍，嫩色宜相照。

接长亭，迷远道。堪怨王孙，不记归期早。落尽梨花春又了。满地残阳，翠色和烟老。

【注释】

①乱碧：杂草。萋萋：茂盛貌。

②庾郎：南北朝庾信。在其《江南赋》中有"青袍如草，白马如练"之句。

③窣（sū）地：拖地。

玉楼春

[五代南唐] 冯延巳

雪云乍变春云簇，渐觉年华堪纵目。北枝梅蕊犯寒^①开，南浦波纹^②如酒绿。

芳菲次第长相续，自是情多无处足。尊前百计得春归，莫为伤春眉黛蹙③。

【注释】

①犯寒：指冒着严寒。

②波纹：此处指水波。

③蹙：皱。

二三

人知和靖①《点绛唇》、圣俞《苏幕遮》、永叔《少年游》三阕为咏春草绝调。不知先有正中"细雨湿流光"五字，皆能摄春草之魂者也。

【注释】

①和靖：北宋林逋（967—1028），字君复，又称和靖先生，浙江大里黄贤村人（一说杭州钱塘人）。

【引用诗词】

点绛唇

［北宋］林逋

金谷①年年，乱生春色谁为主。余花落处，满地和烟雨。

又是离愁，一阕长亭暮。王孙去，萋萋无数。南北东西路。

【注释】

①金谷：晋代石崇在洛阳建造的豪华园林。

少年游

[北宋] 欧阳修

阑干十二独凭春，晴碧①远连云。千里万里，二月三月，行色苦愁人。

谢家池上②，江淹浦畔③，吟魄与离魂。那堪疏雨滴黄昏，更特地、忆王孙。

【注释】

①晴碧：草色。

②谢家池上：南朝谢灵运《登池上楼》诗中有"池塘生春草"的名句，故云。

③江淹浦畔：南朝江淹《别赋》有"春草碧色，春水绿波，送君南浦，伤如之何"句，故云。

南乡子

〔五代南唐〕冯延巳

细雨湿流光①，芳草年年与恨长。烟锁凤楼无限事，茫茫。鸾镜②鸳衾两断肠。

魂梦任悠扬，睡起杨花满绣床。薄幸③不来门半掩，斜阳。负你残春泪几行。

【注释】

①流光：闪动的光。

②鸾镜：装饰着鸾鸟图案的妆镜。

③薄幸：指薄情的人。

二四

《诗·蒹葭》一篇，最得风人深致。晏同叔①之"昨夜西风凋碧树。独上高楼，望尽天涯路"，意颇近之。但一洒落，一悲壮耳。

【注释】

①晏同叔：北宋晏殊（991—1055），字同叔，抚州临川（今属江西进贤）人。

诗经·秦风·蒹葭

蒹葭①苍苍，白露为霜。所谓伊人，在水一方。溯洄②从之，道阻且长。溯游③从之，宛在水中央。

蒹葭凄凄，白露未晞④。所谓伊人，在水之湄⑤。溯洄从之，道阻且跻⑥。溯游从之，宛在水中坻⑦。

蒹葭采采，白露未已。所谓伊人，在水之涘⑧。溯洄从之，道阻且右⑨。溯游从之，宛在水中沚⑩。

【注释】

①蒹葭：芦苇。

②溯洄：逆流而上。指在水边朝河的上游走。

③溯游：顺流而下。

④晞（xī）：干。

⑤湄（méi）：岸边，水草相接之处。

⑥跻（jī）：登高。此处指道路险阻，难以攀登。

⑦坻（dǐ）：水中的小沙洲。

⑧涘（sì）：水边。

⑨右：迂回曲折。

⑩沚（zhǐ）：水中的小块陆地。

蝶恋花

[北宋] 晏殊

槛①菊愁烟兰泣露。罗幕轻寒，燕子双飞去。明月不谙②离恨苦，斜光到晓穿朱户。

昨夜西风凋碧树。独上高楼，望尽天涯路。欲寄彩笺无尺素③，山长水阔知何处。

【注释】

①槛：栏杆。

②谙（ān）：熟悉。

③彩笺、尺素：这里都是代指书信。

二五

"我瞻四方，蹙蹙靡所骋"，诗人之忧生也。"昨夜西风凋碧树。独上高楼，望尽天涯路"似之。"终日驰车走，不见所问津"，诗人之忧世也。"百草千花寒食路，香车系在谁家树"似之。

诗经·小雅·节南山

节彼①南山，维石岩岩②。赫赫师尹③，民具尔瞻④。忧心如惔⑤，不敢戏谈。国既卒⑥斩，何用不监⑦！

节彼南山，有实其猗⑧。赫赫师尹，不平谓何？天方荐瘥⑨，丧乱弘多。民言无嘉，憯莫惩嗟⑩！

尹氏大师，维周之氐⑪。秉国之均⑫，四方是维。天子是毗⑬，俾民不迷。不吊昊天⑭，不宜空我师⑮。

弗躬弗亲，庶民弗信。弗问弗仕，勿罔君子。式夷式已⑯，无小人殆⑰。琐琐姻亚⑱，则无膴仕⑲。

昊天不佣⑳，降此鞠讻㉑。昊天不惠㉒，降此大戾㉓。君子如届㉔，俾民心阕㉕。君子如夷，恶怒是违。

不吊昊天，乱靡有定。式月斯生㉖，俾民不宁。忧心如酲，谁秉国成㉗？不自为政，卒㉘劳百姓。

驾彼四牡㉙，四牡项领㉚。我瞻四方，蹙蹙㉛靡所骋。方茂尔恶㉜，相尔矛㉝矣。既夷既怿㉞，如相酬矣。

昊天不平，我王不宁。不惩其心，覆怨其正㉟。

家父作诵㊱，以究王讻。式讹㊲尔心，以畜㊳万邦。

【注释】

①节："巀"的假借字。节彼，即节节，高峻貌。

②岩岩：形容山崖高峻。以上二句为起兴，喻师尹地位高贵。

③师尹：大（tài）师和史尹。大师，西周掌军事大权的长官。史尹，西周领文职的大臣，卿士之首。

④民具尔瞻：人民都看着你。具，通"俱"。

⑤惔（tán）：火烧。

⑥卒：尽，完全。

⑦何用：何以，何因。此句意为：何以看不见呢？

⑧有实其猗：形容山坡广大。

⑨荐瘥（cuó）：增加人民的疾病灾难。荐，加，增加。瘥，疫病。

⑩憯（cǎn）：曾，乃。惩：警戒。嗟：句末语助词。此句意为：尹氏还不知警戒啊。

⑪氐（dǐ）：通"柢"，树木的根，这里指根本。

⑫均：通"钧"，本义为重量单位，后发展为平均之义。

⑬毗：犹"裨"，辅助。

⑭吊：淑，善。昊天：犹言皇天。

⑮空：穷困。师：众民。

⑯式：语助词。夷：平，消除。已：制止，此处指消除、制止不合理的事。

⑰殆：危。

⑱姻亚：统指襟带关系。姻，儿女亲家。亚，通"娅"，姐妹之夫的互称，即连襟。

⑲膴（wǔ）仕：高官厚禄。

⑳俾：明，公平。

㉑鞠讻（xiōng）：极乱。讻，祸乱，昏乱。此句意为：降此极大祸乱。

㉒惠：仁爱。

㉓戾：恶，暴戾，灾难。

㉔君子：指师尹。如：如果。届：止。指停止暴虐。

㉕阕（què）：息。

㉖式月斯生：每月皆有祸乱发生。

㉗成：指平治国政。

㉘卒：通"悴"，疲劳。

㉙牡：公牛，引申为雄性牲畜，此指公马。

㉚项领：肥大的脖颈。

㉛蹙（cù）蹙：局促不能伸展。

㉜恶（wù）：憎恶。

㉝矛：通"务"，义为侮。

㉞怿（yì）：悦。

㉟覆：反。正：规劝纠正。

㊱家父：作诗者的自称，周大夫。诵：讽谏。

㊲讹：改变。

㊳畜：养。

饮酒　其二十

[东晋] 陶渊明

羲农①去我久，举世少复真。

汲汲鲁中叟②，弥缝使其淳。

凤鸟虽不至，礼乐暂得新。

洙泗③辍微响，漂流逮狂秦。

诗书复何罪，一朝成灰尘④。

区区诸老翁，为事诚殷勤。

如何绝世⑤下，六籍无一亲。

终日驰车走，不见所问津。

若复不快饮，空负头上巾⑥。

但恨多谬误，君当恕醉人。

【注释】

①羲农：传说中的上古帝王伏羲氏、神农氏，当时民风淳朴。

②汲汲：辛劳的样子。鲁中叟：指孔子。

③洙泗：山东曲阜二水名，孔子曾讲学于其上。

④诗书复何罪，一朝成灰尘：此二句指秦始皇焚书。

⑤绝世：指汉亡。

⑥头上巾：儒巾。

鹊踏枝

［五代南唐］冯延巳

几日行云①何处去。忘却归来，不道春将暮。百草千花寒食路，香车系在谁家树。

泪眼倚楼频独语。双燕飞来，陌上相逢否。撩乱春愁如柳絮，悠悠梦里无寻处。

【注释】

①行云：比喻丈夫在外冶游，行踪不定。

二六

古今之成大事业、大学问者，必经过三种之境界："昨夜西风凋碧树。独上高楼，望尽天涯路"，此第一境也。"衣带渐宽终不悔，为伊消得人憔悴"，此第二境也。"众里寻他千百度，回头蓦见（当作'蓦然回首'），那人正（当作'却'）在灯火阑珊处"，此第三境也。此等语皆非大词人不能道。然遽以此意解释诸词，恐为晏、欧诸公所不许也。

凤栖梧

［北宋］柳永

伫倚危楼①风细细。望极春愁，黯黯②生天际。草色烟光残照里，无言谁会凭阑意。

拟③把疏狂图一醉。对酒当歌，强乐还无味。衣带渐宽终不悔，为伊消得④人憔悴。

【注释】

①伫：久立。危楼：指高楼。

②黯黯：模糊貌。

③拟：打算。

④消得：值得。

青玉案　元夕

［南宋］辛弃疾

东风夜放花千树①，更吹落、星如雨。宝马雕车香满路，凤箫声动，玉壶②光转，一夜鱼龙③舞。

蛾儿雪柳黄金缕，笑语盈盈④暗香去。众里寻他千百度，蓦然回首，那人却在，灯火阑珊⑤处。

【注释】

①东风夜放花千树：形容元宵节之夜花灯繁复，如千树花开。

②玉壶：月亮。

③鱼龙：指各种杂技、舞灯等表演。

④盈盈：形容仪态美好。

⑤阑珊：稀疏冷落貌。

二七

永叔"人生自是有情痴，此恨不关风与月""直须看尽洛城花，始共春风容易别"，于豪放之中有沉着之致，所以尤高。

【引用诗词】

玉楼春

[北宋] 欧阳修

尊前拟把归期说，欲语春容先惨咽。人生自是有情痴，此恨不关风与月。

离歌且莫翻新阕，一曲能教肠寸结。直须看尽洛城花，始共春风容易别。

二八

冯梦华[1]《宋六十一家词选·序例》谓："淮海[2]、小山[3]，古之伤心人也。其淡语皆有味，浅语皆有致。"余谓此唯淮海足以当之。小山矜贵有余，但可方驾子野[4]、方回[5]，未足抗衡淮海也。

【注释】

①冯梦华：冯煦（1842—1927），号蒿庵，江苏金坛人。母朱氏，梦僧掐花入室，遂寤而生，故字梦华。

②淮海：北宋秦观（1049—1100），字太虚，又字少游，高邮（今江苏高邮）人。"苏门四学士"之一，别号邗沟居士、淮海居士，世称淮海先生。

③小山：北宋晏几道（1030—1106，一说1038—约1110），字叔原，号小山，抚州临川文港沙河（今属江西南昌）人。晏殊幼子。

④子野：北宋张先（990—1078），字子野，乌程（今浙江湖州）人。曾任安陆县的知县，因此人称"张安陆"。

⑤方回：北宋贺铸（1052—1125），字方回，号庆湖遗老。卫州（今河南卫辉）人。能诗文，长于填词，好以旧谱填新词

而改易其调名，谓之"寓声"。

二九

少游词境最为凄婉。至"可堪孤馆闭春寒，杜鹃声里斜阳暮"，则变而凄厉矣。东坡赏其后二语，犹为皮相。

三〇

"风雨如晦，鸡鸣不已""山峻高以蔽日兮，下幽晦以多雨。霰雪纷其无垠兮，云霏霏而承宇""树树皆秋色，山山尽（当作'唯'）落晖""可堪孤馆闭春寒，杜鹃声里斜阳暮"，气象皆相似。

【引用诗词】

诗经·郑风·风雨

风雨凄凄，鸡鸣喈喈①。既见君子，云胡不夷②？
风雨潇潇，鸡鸣胶胶。既见君子，云胡不瘳③？
风雨如晦④，鸡鸣不已。既见君子，云胡不喜？

【注释】

①喈（jiē）喈：鸡鸣声。

②夷：心情平静。

③瘳（chōu）：病痊愈。

④晦：昏暗。

楚辞·九章·涉江

[战国] 屈原

余幼好此奇服兮，年既老而不衰。带长铗之陆离①兮，冠切云之崔嵬。被明月兮佩宝璐。世溷②浊而莫余知兮，吾方高驰而不顾。驾青虬兮骖白螭③，吾与重华游兮瑶之圃。登昆仑兮食玉英，与天地兮同寿，与日月兮同光。哀南夷之莫吾知兮，旦余济乎江湘。

乘鄂渚而反顾兮，欸秋冬之绪风④。步余马兮山皋，邸余车兮方林。乘舲⑤船余上沅兮，齐吴榜以击汰。船容与而不进兮，淹回水而疑滞。朝发枉陼⑥兮，夕宿辰阳。苟余心之端直兮，虽僻远之何伤。

入溆浦余儃佪⑦兮，迷不知吾所如。深林杳以冥冥兮，乃猨狖⑧之所居。山峻高以蔽日兮，下幽晦以多雨。霰雪纷其无垠兮，云霏霏而承宇。哀吾生之无乐兮，幽独处乎山中。吾不能变心而从俗兮，固将愁苦而终穷。

接舆髡⑨首兮，桑扈臝⑩行。忠不必用兮，贤不必以⑪。伍子逢殃⑫兮，比干菹醢⑬。与前世而皆然兮，吾又何怨乎今之人！余将董道而不豫⑭兮，固将重昏而终身。

乱⑮曰：鸾鸟凤皇⑯，日以远兮。燕雀乌鹊⑰，巢堂坛兮。露申辛夷⑱，死林薄兮。腥臊并御⑲，芳不得薄⑳兮。阴阳易位，时不当兮。怀信侘傺㉑，忽㉒乎吾将行兮。

【注释】

①长铗（jiá）：长剑。陆离：形容宝剑之长。

②溷（hùn）：混乱。

③虬（qiú）：有角的龙。骖（cān）：驾驭车两旁的白螭。螭（chī）：无角的龙。

④欸：感叹。绪风：大风。

⑤舲（líng）：有窗的小船。

⑥枉陼（zhǔ）：地名，沅水中的一个河湾。陼，同"渚"。

⑦溆（xù）浦：今湖南溆浦一带。儃（chán）佪：徘徊不前。

⑧猨（yuán）：同"猿"。狖（yòu）：一种猿猴。

⑨接舆（yú）：春秋时楚国隐士，佯狂以避世。髡（kūn）：古代剃发的刑罚。

⑩桑扈（hù）：古代隐士。嬴（luǒ）：同"裸"。

⑪以：用。

⑫伍子：春秋末年吴国大夫伍子胥。逢殃：伍子胥被吴王夫差杀害。

⑬比干：殷末纣王的叔伯父。菹醢（zū hǎi）：古代的酷刑，

将人剁成肉酱。

⑭董道：坚守正道。豫：犹豫。

⑮乱：乐曲的最后一章称作乱，作用在于总括全文主旨。

⑯鸾鸟凤皇：古人心中神异、祥瑞之鸟。这里比喻贤才。凤皇，同"凤凰"。

⑰燕雀乌鹊：都是普通鸟类，这里比喻奸佞小人。

⑱露申：香草名，即瑞香花。辛夷：一种香木，即木兰。

⑲腥臊：恶臭秽浊。这里比喻奸邪之人。御：进用。

⑳薄：草木丛生之处。

㉑怀信：怀抱忠贞之心。佗傺（chà chì）：惆怅失意。

㉒忽：恍惚。

野望

[唐] 王绩

东皋①薄暮望，徙倚②欲何依。

树树皆秋色，山山唯落晖。

牧人驱犊返，猎马带禽归。

相顾无相识，长歌怀采薇③。

【注释】

①东皋：诗人王绩隐居的地方，他因此自号东皋子。

②徙倚：徘徊。

③怀采薇：怀念隐居在首阳山采薇为生的伯夷、叔齐。

三一

昭明太子称陶渊明诗"跌宕昭彰，独超众类。抑扬爽朗，莫之与京"①。王无功②称薛收赋"韵趣高奇，词义晦远。嵯峨萧瑟，真不可言"。词中惜少此二种气象，前者唯东坡③，后者唯白石④，略得一二耳。

【注释】

①见南朝梁萧统《陶渊明集序》。

②王无功：唐代诗人王绩（约589—644），字无功，号东皋子，绛州龙门（今山西万荣）人。

③东坡：北宋苏轼（1037—1101），字子瞻，又字和仲，号东坡居士。眉州眉山（今四川眉山）人。

④白石：南宋姜夔（kuí，1154—1221），字尧章，号白石道人，饶州鄱阳（今江西鄱阳）人。

三二

词之雅郑，在神不在貌。永叔、少游虽作艳语，终有品格。方之美成①，便有淑女与倡伎之别。

①美成：北宋周邦彦（1057—1121），字美成，号清真居士，钱塘（今浙江杭州）人。官历太学正、庐州教授、知溧水县等。

三三

美成词深远之致不及欧、秦①。唯言情体物，穷极工巧，故不失为第一流之作者。但恨创调之才多，创意之才少耳。

【注释】

①欧：欧阳修。秦：秦观。

三四

词忌用替代字。美成《解语花》之"桂华流瓦"，境界极妙，惜以"桂华"二字代"月"耳。梦窗①以下，则用代字更多。其所以然者，非意不足，则语不妙也。盖意足则不暇代，语妙则不必代。此少游之"小楼连苑""绣毂雕鞍"所以为东坡所讥也。

【注释】

①梦窗：南宋词人吴文英（约1200—1260），字君特，号梦窗，晚年又号觉翁，四明（今浙江宁波）人。

【引用诗词】

解语花

［北宋］周邦彦

　　风销焰蜡①，露浥②烘炉，花市光相射。桂华流瓦。纤云散、耿耿③素娥欲下。衣裳淡雅。看楚女、纤腰一把。箫鼓喧、人影参差，满路飘香麝。

　　因念都城放夜④。望千门如昼，嬉笑游冶。钿车⑤罗帕。相逢处、自有暗尘随马。年光是也⑥。唯只见、旧情衰谢。清漏移⑦，飞盖归来，从⑧舞休歌罢。

【注释】

　　①焰蜡：红烛。

　　②浥（yì）：沾湿。

　　③耿耿：光明。

　　④放夜：指开放夜禁。宋元时期，元宵节前后不禁夜行，称之为放夜。

　　⑤钿（diàn）车：精美的车子。

　　⑥是也：依然。

　　⑦清漏移：指夜已深。

　　⑧从：任凭。

水龙吟

［北宋］秦观

小楼连苑横空①，下窥绣毂②雕鞍骤。朱帘半卷，单衣初试，清明时候。破暖轻风，弄晴微雨，欲无还有。卖花声，过尽斜阳院落，红成阵，飞鸳甃③。

玉佩丁东别后，怅佳期参差难又。名缰利锁，天还知道，和④天也瘦。花下重门，柳边深巷，不堪回首。念多情，但有当时皓月，向人依旧。

【注释】

①横空：楼高。

②绣毂（gǔ）：华丽的车子。

③鸳甃（zhòu）：用对称的砖瓦垒成的井壁。

④和：连。

三五

沈伯时①《乐府指迷》云："说桃不可直说破（原无'破'字，据《花草粹编》附刊本《乐府指迷》加）桃，须用'红雨''刘郎'等字。说柳不可直说破柳，须用'章台''灞岸'等字。"若惟恐人不用代字者。果以是为工，则古今类书具在，又安用词为耶？宜其为《提要》所讥也。

【注释】

①沈伯时：沈义父，字伯时，号时斋，吴江（今属江苏苏州）人。生卒年均不详，约宋理宗淳祐前后在世。工词，以周邦彦为宗。著有《乐府指迷》一卷。

三六

美成《苏幕遮》词："叶上初阳干宿雨。水面清圆，一一风荷举。"此真能得荷之神理者。觉白石《念奴娇》《惜红衣》二词，犹有隔雾看花之恨。

【引用诗词】

苏幕遮

[北宋] 周邦彦

燎沉香，消溽暑①。鸟雀呼晴，侵晓②窥檐语。叶上初阳干宿雨③。水面清圆④，一一风荷举。

故乡遥，何日去。家住吴门⑤，久作长安⑥旅。五月渔郎相忆否。小楫轻舟，梦入芙蓉浦。

【注释】

①溽（rù）暑：潮湿的暑气。

②侵晓：近拂晓时分。侵，接近。

③宿雨：隔夜的雨水。

④清圆：形容荷叶的形态。

⑤吴门：苏州，代指江浙一带。

⑥长安：代指汴京。

念奴娇

[南宋] 姜夔

闹红一舸①，记来时、尝与鸳鸯为侣。三十六陂②人未到，水佩风裳③无数。翠叶吹凉，玉容销酒④，更洒菰蒲⑤雨。嫣然摇动，冷香飞上诗句。

日暮青盖⑥亭亭，情人不见，争忍凌波去。只恐舞衣寒易落，愁入西风南浦。高柳垂阴，老鱼吹浪，留我花间住。田田⑦多少，几回沙际归路。

【注释】

①闹红：指盛开的荷花。舸：小舟。

②三十六陂：本为地名，常用来形容湖泊很多。

③水佩风裳：以水为佩，风为衣裳。

④玉容销酒：这里形容荷花就像酒意初消、脸色绯红的美人。

⑤菰（gū）蒲：水边的茭白和蒲草。

⑥青盖：青伞。

⑦田田：形容荷叶相连、盛密鲜碧的样子。

惜红衣

[南宋]姜夔

簟枕邀凉，琴书换日，睡余无力。细洒冰泉，并刀①破甘碧。墙头唤酒，谁问讯、城南诗客。岑寂。高柳晚蝉，说西风消息。

虹梁②水陌，鱼浪吹香，红衣半狼藉③。维舟试望，故国眇天北。可惜渚边沙外，不共美人游历。问甚时同赋，三十六陂秋色。

【注释】

①并刀：古代并州以所生产的刀锋利而闻名，此处代指刀。

②虹梁：桥。

③红衣：此处指荷花。狼藉：散乱的样子。

三七

东坡《水龙吟》咏杨花，和韵而似原唱。章质夫①词，原唱而似和韵。才之不可强也如是。

【注释】

①章质夫：北宋章楶，字质夫，福建浦城人。

【引用诗词】

水龙吟　次韵章质夫杨花词

〔北宋〕苏轼

似花还似非花，也无人惜从教坠①。抛家傍路，思量却是，无情有思②。萦损柔肠，困酣娇眼，欲开还闭。梦随风万里，寻郎去处，又还被、莺呼起。

不恨此花飞尽，恨西园、落红难缀③。晓来雨过，遗踪何在，一池萍碎。春色三分，二分尘土，一分流水。细看来、不是杨花，点点是、离人泪。

【注释】

①从教坠：任其飘落。

②有思：有情。思，这里是名词，去声。

③缀：收拾。

水龙吟　杨花

［北宋］章楶

燕忙莺懒芳残，正堤上、柳花飘坠。轻飞乱舞，点画青林，全无才思。闲趁游丝①，静临深院，日长门闭。傍珠帘散漫，垂垂欲下，依前被、风扶起。

兰帐玉人睡觉②，怪春衣、雪沾琼缀。绣床渐满，香球无数，才圆却碎。时见蜂儿，仰黏轻粉，鱼吞池水。望章台路杳，金鞍游荡，有盈盈泪。

【注释】

①游丝：春天时在空中飘荡的小虫吐的丝。

②睡觉：睡醒。

三八

咏物之词，自以东坡《水龙吟》为最工，邦卿①《双双燕》次之。白石《暗香》《疏影》格调虽高，然无一语道着，视古人"江边一树垂垂发"等句何如耶？

【注释】

①邦卿：南宋词人史达祖（1163—约1220），字邦卿，号梅溪，汴（今河南开封）人。

【引用诗词】

双双燕

[南宋]史达祖

过春社①了，度②帘幕中间，去年尘冷。差池③欲住，试入旧巢相并。还相雕梁藻井④。又软语、商量不定。飘然快拂花梢，翠尾分开红影。

芳径。芹泥⑤雨润。爱贴地争飞，竞夸轻俊。红楼归晚，看足柳昏花暝⑥。应自栖香⑦正稳，便忘了、天涯芳信。愁损翠黛双蛾⑧，日日画阑独凭。

【注释】

①春社：旧时在每年春分前后祭祀土地，以祈祷风调雨顺，称为春社。

②度：穿过。

③差池：错落不齐。

④相（xiàng）：观察。藻井：画有各种花鸟图案的井栏状天花板。

⑤芹泥：长着芹菜、水草的水边湿地，燕子衔其筑巢。

⑥柳昏花暝：黄昏时的春景。

⑦栖香：在花草间睡得香甜。

⑧翠黛：画眉用的青绿色颜料。双蛾：双眉。

暗香

[南宋] 姜夔

辛亥之冬，予载雪诣石湖。止既月①，授简索句②，且征新声。作此两曲，石湖把玩不已，使工妓肆习之，音节谐婉。乃名之曰《暗香》《疏影》。

旧时月色，算几番照我，梅边吹笛。唤起玉人，不管清寒与攀摘。何逊③而今渐老，都忘却、春风词笔。但怪得、竹外疏花，香冷入瑶席。

江国④，正寂寂，叹寄与路遥⑤，夜雪初积。翠尊⑥易泣，红萼⑦无言耿相忆。长记曾携手处，千树压、西湖寒碧。又片片吹尽也，几时见得。

【注释】

①止既月：住满一个月。

②授简索句：指授予纸笺，要词人写词。

③何逊：南朝诗人，酷爱梅花，有《早梅》诗，作者以其自比。

④江国：指江邑，水乡。

⑤寄与路遥：暗用南朝宋（一说北魏）陆凯折梅赠友人范晔的事。其《赠范晔诗》写道："折梅逢驿使，寄与陇头人。江南无所有，聊赠一枝春。"

⑥翠尊：酒杯。这里指酒。

⑦红萼：指梅花。

疏影

[南宋] 姜夔

苔枝缀玉①，有翠禽小小，枝上同宿。客里相逢，篱角黄昏②，无言自倚修竹③。昭君不惯胡沙远，但暗忆、江南江北。想佩环、月夜归来，化作此花幽独④。

犹记深宫旧事，那人正睡里，飞近蛾绿⑤。莫似春风，不管盈盈，早与安排金屋⑥。还教一片随波去，又却怨、玉龙哀曲⑦。等恁时、重觅幽香⑧，已入小窗横幅。

【注释】

①苔枝缀玉：梅花的形状。苔梅是梅花的一种，身布苔

藓，枝间苔须下垂。

②"客里"二句：化用林逋《梅花》："雪后园林才半树，水边篱落忽横枝。"篱角黄昏，谓环境寂寞、凄清。

③"无言"句：杜甫《佳人》："天寒翠袖薄，日暮倚修竹。"这里把梅花比作美人。

④"昭君"四句：此处引的是王昭君远嫁匈奴的事，又化用了杜甫的《咏怀古迹》："画图省识春风面，环佩空归夜月魂。"

⑤"犹记"三句：《太平御览》引《杂五行书》记载："宋武帝女寿阳公主，人日卧于含章殿檐下，梅花落公主额上，成五出花，拂之不去。皇后留之，看得几时。经三日，洗之乃落。宫女奇其异，竟效之，今'梅花妆'是也。"

⑥早与安排金屋：《汉武故事》记武帝幼时对姑母说："若得阿娇（武帝表妹）作妇，当作金屋贮之。"

⑦玉龙：笛子名。哀曲：指《梅花落》曲。

⑧幽香：代梅花。

和裴迪登蜀州东亭送客逢早梅相忆见寄

［唐］杜甫

东阁①官梅动诗兴，还如何逊在扬州。

此时对雪遥相忆，送客逢春可自由。

幸不折来伤岁暮，若为看去乱乡愁。

江边一树垂垂②发，朝夕催人自白头。

【注释】

①东阁：诗题中蜀州东亭。

②垂垂：杨慎说梅花开放皆下垂。

三九

白石写景之作，如"二十四桥仍在，波心荡、冷月无声""数峰清苦，商略黄昏雨""高树晚蝉，说西风消息"，虽格韵高绝，然如雾里看花，终隔一层。梅溪、梦窗诸家写景之病，皆在一"隔"字。北宋风流，渡江遂绝。抑真有运会存乎其间耶？

【引用诗词】

扬州慢

［南宋］姜夔

淳熙丙申至日，予过维扬。夜雪初霁，荠麦弥望。入其城则四顾萧条，寒水自碧。暮色渐起，戍角悲吟。予怀怆然，感慨今昔，因自度此曲。千岩老人以为有黍离之悲也。

淮左①名都，竹西佳处，解鞍少驻初程。过春风十里，尽荠麦青青②。自胡马窥江③去后，废池乔木，犹厌言兵。渐黄昏，清角④吹寒，都在空城。

杜郎俊赏⑤，算而今、重到须惊。纵豆蔻词工，青楼梦好，难赋深情。二十四桥仍在，波心荡、冷月无声。念桥边红药⑥，年年知为谁生。

【注释】

①淮左：淮水以东。

②荠麦青青：长满荠菜和麦子。这里暗用《诗经·王风·黍离》，写出亡国子民的悲伤心情。

③胡马窥江：此处指金兵南侵。

④清角：声音悲切的号角声。

⑤杜郎：杜牧。俊赏：风流才俊。

⑥红药：芍药花。

点绛唇

[南宋] 姜夔

丁未冬，过吴松①作。

燕雁无心，太湖西畔随云去。数峰清苦②，商略黄昏雨。

第四桥③边，拟共天随④住。今何许⑤，凭阑怀古，残柳参差舞。

【注释】

①吴松：今江苏吴江。

②清苦：形容山荒凉。

③第四桥：指吴江城外的甘泉桥。

④天随：唐代诗人陆龟蒙，号天随子，隐居在松江上甫里。

⑤今何许：如今在哪里。

四〇

问"隔"与"不隔"之别，曰：陶、谢①之诗不隔，延年②则稍隔矣。东坡之诗不隔，山谷③则稍隔矣。"池塘生春草""空梁落燕泥"等二句，妙处唯在不隔。词亦如是。即以一人一词论，如欧阳公《少年游》咏春草上半阕云"阑干十二独凭春，晴碧远连云。千里万里，二月三月，行色苦愁人"，语语都在目前，便是不隔。至云"谢家池上，江淹浦畔"，则隔矣。白石《翠楼吟》"此地宜有词仙，拥素云黄鹤，与君游戏。玉梯凝望久，叹芳草、萋萋千里"，便是不隔。至"酒祓清愁，花消英气"，则隔矣。然南宋词虽不隔处，比之前人，自有浅深厚薄之别。

【注释】

①陶、谢：陶指陶渊明（352或365—427），又名潜，字元亮，世称靖节先生，浔阳柴桑（今江西九江）人。谢指谢灵运（385—433），本名公义，字灵运，小名客儿。

②延年：南朝宋文学家颜延之（384—456），字延年。祖籍琅玡临沂（今山东临沂）。少孤贫，陋室读书，无所不览，文章冠绝当时，与谢灵运并称"颜谢"。

③山谷：北宋文学家、书法家黄庭坚（1045—1105），字鲁直，号山谷道人，晚号涪翁，洪州分宁（今江西修水县）人，"苏门四学士"之一。

【引用诗词】

登池上楼

[南朝宋]谢灵运

潜虬①媚幽姿，飞鸿②响远音。

薄霄愧云浮③，栖川怍渊沉④。

进德智所拙⑤，退耕力不任。

徇禄反穷海⑥，卧疴对空林⑦。

衾枕昧节候，褰开暂窥临⑧。

倾耳聆波澜，举目眺岖嵚⑨。

初景革绪风⑩，新阳改故阴⑪。

池塘生春草，园柳变鸣禽。

祁祁⑫伤豳歌，萋萋感楚吟⑬。

索居易永久⑭，离群难处心⑮。

持操岂独占，无闷征⑯在今。

【注释】

①潜虬（qiú）：深潜水中的虬龙。虬，一种有角的龙。此处喻隐士。

②飞鸿：能高飞的大雁、鸿鹄等大鸟。此喻有所作为的人。

③薄：接近。云浮：指高飞的鸿。

④栖川：在水中栖息。怍（zuò）：惭愧。渊沉：水里的生物。

⑤进德：增进德业。智所拙：智力不及。

⑥徇（xún）禄：追求俸禄。反：同"返"。穷海：边远荒僻的海边，此处指永嘉。

⑦卧痾（kē）：卧病床上。空林：因秋冬季节树叶落尽，故称空林。

⑧褰（qiān）开：拉开，指拉开窗帘。窥临：眺望。

⑨岖嵚（qū qīn）：形容山岭高耸险峻。

⑩初景：初春的阳光。景，同"影"。革：清除。绪风：冬日遗留的寒风。

⑪新阳：指初春。故阴：已逝的冬天。

⑫"祁祁"句:指《诗经·豳风·七月》:"春日迟迟,采蘩祁祁。"祁祁,众多貌。

⑬"萋萋"句:指《楚辞·淮南小山·招隐士》:"王孙游兮不归,春草生兮萋萋。"萋萋,草木茂盛。

⑭索居:离群独居。易永久:容易觉得日子长久。

⑮难处心:难以安心。

⑯无闷:用《周易·乾·文言》"遁世无闷"句。征:验证。

昔昔盐

[隋]薛道衡

垂柳覆金堤,蘼芜①叶复齐。

水溢芙蓉沼,花飞桃李蹊。

采桑秦氏女②,织锦窦家妻③。

关山别荡子,风月守空闺。

恒敛千金笑,长垂双玉④啼。

盘龙⑤随镜隐,彩凤逐帷低。

飞魂同夜鹊,倦寝忆晨鸡。

暗牖悬蛛网,空梁落燕泥。

前年过代北⑥,今岁往辽西⑦。

一去无消息,那能惜马蹄⑧。

【注释】

①蘼芜：野草，开白花。

②秦氏女：指汉乐府《陌上桑》中的主人公秦罗敷。

③窦家妻：前秦苻坚时秦州刺史窦滔的妻子苏蕙，善于作文。窦滔被放逐，苏蕙非常思念，于是织锦为回文诗以赠。

④双玉：两行泪。

⑤盘龙：镜子上的龙纹雕饰。

⑥代北：今山西北部。

⑦辽西：今辽宁西部。与代北均代指边疆。

⑧惜马蹄：怨丈夫不归。

翠楼吟

［南宋］姜夔

淳熙丙午冬，武昌安远楼成，与刘去非诸友落之，度曲见志。予去武昌十年，故人有泊舟鹦鹉洲者，闻小姬歌此词，问之，颇能道其事，还吴为予言之。兴怀昔游，且伤今之离索也。

月冷龙沙①，尘清虎落②，今年汉酺③初赐。新翻胡部曲④，听毡幕、元戎歌吹。层楼高峙。看槛曲萦红，檐牙飞翠。人姝丽。粉香吹下，夜寒风细。

此地宜有词仙，拥素云黄鹤，与君游戏。玉梯凝望久，叹芳草、萋萋千里。天涯情味，仗酒祓⑤清愁，花销英气。西山外，晚来还卷，一帘秋霁。

【注释】

①龙沙：在今天新疆天山南，指边塞。

②虎落：护城篱笆，此处指边境。

③酺（pú）：聚饮。

④胡部曲：指北方音乐。

⑤袚（fú）：消除。

四一

"生年不满百，常怀千岁忧。昼短苦夜长，何不秉烛游。""服食求神仙，多为药所误。不如饮美酒，被服纨与素。"写情如此，方为不隔。"采菊东篱下，悠然见南山。山气日夕佳，飞鸟相与还。""天似穹庐，笼盖四野。天苍苍，野茫茫。风吹草低见牛羊。"写景如此，方为不隔。

【引用诗词】

古诗十九首

其十五

生年不满百，常怀千岁忧。

昼短苦夜长，何不秉烛游。

为乐当及时，何能待来兹^①。

愚者爱惜费^②，但为后世嗤。

仙人王子乔^③，难可与等期^④。

【注释】

①来兹：以后。

②费：钱财。

③王子乔：传说是周灵王太子，好吹笙，后被浮丘公接到嵩山，成仙而去。

④等期：同等的希望。

古诗十九首

其十三

驱车上东门^①，遥望郭北墓^②。

白杨何萧萧，松柏^③夹广路。

下有陈死人^④，杳杳即长暮^⑤。

潜寐黄泉下，千载永不寤。

浩浩阴阳移^⑥，年命如朝露。

人生忽如寄，寿无金石固。

万岁更相送，圣贤莫能度。

服食求神仙，多为药所误。

不如饮美酒，被服^⑦纨与素。

【注释】

①上东门：洛阳东三门之一。

②郭北墓：洛阳城北的北邙山，东汉王侯卿相多葬于此。

③松柏：与上一句中的"白杨"都指墓地上的树木。

④陈死人：久死之人。

⑤长暮：长夜。

⑥阴阳移：四时变迁。

⑦被服：穿着。

敕勒歌

敕勒川①，阴山②下。
天似穹庐③，笼盖四野。
天苍苍，野茫茫。
风吹草低见④牛羊。

【注释】

①敕勒：古代民族名，为匈奴后裔。川：平原。敕勒川是敕勒人居住的地方，在阴山南部山脚下。

②阴山：今内蒙古大青山。

③穹庐：毡布帐篷。

④见：同"现"。

四二

古今词人格调之高，无如白石。惜不于意境上用力，故觉无言外之味，弦外之响，终不能与于第一流之作者也。

四三

南宋词人，白石有格而无情，剑南①有气而乏韵。其堪与北宋人颉颃者，唯一幼安②耳。近人祖南宋而祧③北宋，以南宋之词可学，北宋不可学也。学南宋者，不祖白石，则祖梦窗，以白石、梦窗可学，幼安不可学也。学幼安者率祖其粗犷、滑稽，以其粗犷、滑稽处可学，佳处不可学也。幼安之佳处，在有性情，有境界。即以气象论，亦有"横素波、干青云"④之概，宁后世龌龊小生所可拟耶？

【注释】

①剑南：南宋爱国诗人陆游（1125—1210），字务观，号放翁，越州山阴（今浙江绍兴）人，南宋文学家、史学家。

②幼安：南宋辛弃疾（1140—1207），字幼安，号稼轩，山东东路济南府历城（今属山东济南）人，与苏轼合称"苏辛"，与李清照并称"济南二安"。

③祧（tiāo）：承继先代。

④横素波、干青云：萧统《陶渊明集序》有"横素波而傍

流，干青云而直上"句。

四四

东坡之词旷，稼轩之词豪。无二人之胸襟而学其词，犹东施之效捧心也。

四五

读东坡、稼轩词，须观其雅量高致，有伯夷[①]、柳下惠[②]之风。白石虽似蝉蜕尘埃，然终不免局促辕下。

【注释】

①伯夷：生卒年不详，商末孤竹国（今河北卢龙西一带）人，商纣王末期孤竹国第七任君主亚微的长子，弟亚凭、叔齐。商灭后，伯夷与其弟叔齐不食周粟，躲入首阳山采薇为生，后饿死，以气节名世。

②柳下惠：（前720—前621），展氏，名获，字子禽，一字季，春秋时期鲁国柳下邑（今属山东平阴）人。他担任过鲁国大夫，后来隐遁，成为"逸民"。《孟子》中说"柳下惠，圣之和者也"。

四六

苏、辛，词中之狂。白石犹不失为狷。若梦窗、梅溪、玉田①、草窗②、西麓③辈，面目不同，同归于乡愿④而已。

【注释】

①玉田：南宋张炎（1248—约1320），字叔夏，号玉田，又号乐笑翁。祖籍凤翔成纪（今甘肃天水），寓居临安（今浙江杭州）。

②草窗：南宋周密（1232—1298），字公谨，号草窗，又号霄斋、蓣洲、萧斋，晚年号弁阳老人、四水潜夫、华不注山人。

③西麓：南宋陈允平，字君衡，一字衡仲，号西麓。四明鄞县（今属浙江宁波）人，出身官宦世家。其生卒年不详。

④乡愿：指貌似谨厚，而实与流俗合污的伪善者。

四七

稼轩中秋饮酒达旦，用《天问》体作《木兰花慢》以送月，曰："可怜今夕月，向何处、去悠悠？是别有人间，那边才见，光景东头？"词人想象，直悟月轮绕地之理，与科学家密合，可谓神悟。

木兰花慢

［南宋］辛弃疾

中秋饮酒将旦，客谓前人诗词有赋待月，无送月者。因用《天问》①体赋。

可怜今夕月，向何处、去悠悠？是别有人间，那边才见，光景②东头？是天外、空汗漫③，但长风浩浩送中秋？飞镜④无根谁系？姮娥不嫁谁留？

谓经海底问无由。恍惚使人愁。怕万里长鲸，纵横触破，玉殿琼楼。虾蟆⑤故堪浴水，问云何玉兔解沉浮？若道都齐无恙，云何渐渐如钩？

【注释】

①天问：指《楚辞·天问》，屈原作。

②景：同"影"。

③汗漫：浩瀚无边。

④飞镜：月亮。

⑤虾蟆：蟾蜍。传说月亮中有玉兔和蟾蜍。

四八

周介存谓："梅溪词中，喜用'偷'字，足以定其品格。"①刘融斋谓："周②旨荡而史③意贪。"此二语令人解颐。

【注释】

①"梅溪"三句：见周济《介存斋论词杂著》。

②周：指周邦彦。

③史：指史达祖。

四九

介存谓梦窗词之佳者，如"水光云影，摇荡绿波，抚玩无极，追寻已远"。余览《梦窗甲乙丙丁稿》中，实无足当此者。有之，其"隔江人在雨声中，晚风菰叶生秋怨"二语乎？

【引用诗词】

踏莎行

［南宋］吴文英

润玉①笼绡，檀樱②倚扇。绣圈③犹带脂香浅。榴心④

空叠舞裙红，艾枝⑤应压愁鬟乱。

午梦千山，窗阴一箭⑥。香瘢新褪红丝腕⑦。隔江人在雨声中，晚风菰⑧叶生秋怨。

【注释】

①润玉：指肌肤白如玉。

②檀樱：浅红色的樱桃小口。檀，浅红色。

③绣圈：绣花的圈饰。

④榴心：这里指裙上的花纹。

⑤艾枝：旧时端午节以艾为虎形，或剪彩为虎，或插或粘艾叶佩戴。

⑥一箭：漏壶刻箭上的一格。比喻时光短暂。

⑦瘢（bān）：印痕。红丝腕：旧时端午节以红丝系于腕上以辟邪。

⑧菰（gū）：茭白，水生植物。

五〇

梦窗之词，吾得取其词中之一语以评之，曰："映梦窗、零乱碧。"玉田之词，余得取其词中之一语以评之，曰："玉老田荒。"

秋思　荷塘为括苍名姝求赋其听雨小阁

[南宋] 吴文英

堆枕香鬟侧[1]，骤夜声、偏称画屏秋色。风碎串珠，润侵歌板，愁压眉窄。动罗箑[2]清商，寸心低诉叙怨抑。映梦窗、零乱碧。待涨绿春深，落花香泛，料有断红流处，暗题相忆。

欢酌。檐花细滴。送故人、粉黛重饰。漏侵琼瑟，丁东敲断，弄晴月白。怕一曲、霓裳未终，催去骖[3]凤翼。叹谢客[4]、犹未识。漫瘦却东阳，灯前无梦到得。路隔重云雁北。

【注释】

①堆枕香鬟侧：化用欧阳修"绿鬟堆枕香云拥"句。

②箑（shà）：扇子。

③骖（cān）：三马驾车。

④谢客：谢灵运，小名客儿，故称"谢客"。

祝英台近　与周草窗话旧

[南宋] 张炎

水痕深，花信足，寂寞汉南树。转首青阴，芳事顿如许。不知多少消魂，夜来风雨。犹梦到、断红流处。

最无据。长年息影空山，愁入庾郎句。玉老田荒，心事已迟暮。几回听得啼鹃，不如归去。终不似、旧时鹦鹉。

五一

"明月照积雪""大江流日夜""中天悬明月""长河落日圆"，此种境界，可谓千古壮观。求之于词，唯纳兰容若①塞上之作，如《长相思》之"夜深千帐灯"，《如梦令》之"万帐穹庐人醉，星影摇摇欲坠"差近之。

【注释】

①纳兰容若：清代纳兰性德（1655—1685），叶赫那拉氏，字容若，号楞伽山人。原名成德，为避太子讳改名为性德，一年后太子更名，于是纳兰又恢复本名。

【引用诗词】

岁暮

[南朝宋] 谢灵运

殷忧①不能寐，苦此夜难颓②。

明月照积雪，朔风劲且哀。

运往无淹物③，年逝觉已催。

【注释】

①殷忧：深重的忧虑。

②颓：衰。

③运往：时光消逝。淹物：久留之物。

暂使下都夜发新林至京邑赠西府①同僚

[南朝齐] 谢朓

大江流日夜，客心悲未央②。

徒念关山近，终知反路长。

秋河曙耿耿③，寒渚夜苍苍。

引顾见京室，宫雉④正相望。

金波丽鳷鹊⑤，玉绳⑥低建章。

驱车鼎门⑦外，思见昭丘⑧阳。

驰晖⑨不可接，何况隔两乡。

风云有鸟路，江汉限无梁。

常恐鹰隼击，时菊委严霜。

寄言蔚罗⑩者，寥廓已高翔。

【注释】

①下都：建康，今南京。新林：新林浦，在今南京西南。西府：指荆州随王府。

②未央：未已。

③河：银河。耿耿：明净貌。

④宫雉：宫墙。

⑤金波：月光。鳷（zhī）鹊：与建章都是汉宫名，此处借称京城宫殿。

⑥玉绳：星名。

⑦鼎门：指建康的南门。

⑧昭丘：楚昭王墓。

⑨驰晖：太阳。

⑩蔚（wèi）罗：捕鸟的网。

使至塞上

［唐］王维

单车欲问边^①，属国过居延^②。
征蓬^③出汉塞，归雁入胡天。
大漠孤烟直，长河^④落日圆。
萧关逢候骑^⑤，都护在燕然^⑥。

【注释】

①单车：轻车。问边：巡视边境。

②属国：附属国。这里指西北的边塞地区。居延：地名，汉代称居延泽，唐代称居延海。

③征蓬：随风飘飞的蓬草，此处为诗人自喻。

④长河：黄河。

⑤萧关：古关名，故址在今宁夏固原东南。候骑：负责侦察、通讯的骑兵。

⑥都护：官名。唐朝在西北置安西、安北等六大都护府，每府派大都护一人，副都护二人，负责辖区一切事务。燕然：古山名，在今蒙古国境内。汉窦宪曾率军大破单于军，在此山上刻石勒功。

长相思

[清] 纳兰性德

山一程，水一程。身向榆关①那畔行，夜深千帐灯。
风一更，雪一更。聒②碎乡心梦不成，故园无此声。

【注释】

①榆关：山海关。

②聒（guō）：喧闹。

如梦令

[清] 纳兰性德

万帐穹庐①人醉，星影摇摇欲坠。归梦隔狼河②，又被河声搅碎。还睡，还睡。解道醒来无味。

【注释】

①穹庐：毡帐。

②狼河：白狼河。今东北大凌河。

五二

纳兰容若以自然之眼观物，以自然之舌言情。此由初入中原，未染汉人风气，故能真切如此。北宋以来，一人而已。

五三

陆放翁跋《花间集》，谓："唐季五代，诗愈卑，而倚声者辄简古可爱。能此不能彼，未可以理推也。"《提要》①驳之，谓："犹能举七十斤者，举百斤则蹶，举五十斤则运掉自如。"其言甚辨。然谓词必易于诗，余未敢信。善乎陈卧子②之言曰："宋人不知诗而强作诗，故终宋之世无诗。然其欢愉愁怨之致，动于中而不能抑者，类发于诗余，故其所造独工。"五代词之所以独胜，亦以此也。

【注释】

① 《提要》：指《四库全书总目提要》。

② 陈卧子：陈子龙（1608—1647），明末官员、文学家。初名介，字卧子、懋中、人中，号大樽、海士、轶符等。南直隶松江华亭（今上海）人。

五四

四言敝而有《楚辞》,《楚辞》敝而有五言,五言敝而有七言,古诗敝而有律绝,律绝敝而有词。盖文体通行既久,染指遂多,自成习套。豪杰之士,亦难于其中自出新意,故遁而作他体,以自解脱。一切文体所以始盛终衰者,皆由于此。故谓文学后不如前,余未敢信。但就一体论,则此说固无以易也。

五五

诗之《三百篇》《十九首》,词之五代、北宋,皆无题也。非无题也,诗词中之意,不能以题尽之也。自《花庵》①《草堂》②,每调立题,并古人无题之词亦为之作题。如观一幅佳山水,而即曰此某山某河,可乎?诗有题而诗亡,词有题而词亡。然中材之士,鲜能知此而自振拔者矣。

【注释】

① 《花庵》:《花庵词选》,南宋黄昇编。全书二十卷,其意欲以继承赵崇祚《花间集》、曾慥《乐府雅词》之后。《花庵词选》是一部内容宏富且编排有序的词选,它全面展示了从唐朝到宋朝此书编定之时文人词发展的几百年历程。

②《草堂》:《草堂诗余》,南宋何士信编。其中词作以宋词为主,兼收一小部分唐五代词。

五六

大家之作,其言情也必沁人心脾,其写景也必豁人耳目。其辞脱口而出,无矫揉妆束之态。以其所见者真,所知者深也。诗词皆然。持此以衡古今之作者,可无大误矣。

五七

人能于诗词中不为美刺①、投赠②之篇,不使隶事之句,不用粉饰之字,则于此道已过半矣。

【注释】

①美刺:赞美、讽刺。

②投赠:呈递赠答。

五八

以《长恨歌》之壮采,而所隶之事,只"小玉双成"四字,才有余也。梅村①歌行,则非隶事不办。白②、吴优劣,即于此见。不独作诗为然,填词家亦不可不知也。

【注释】

①梅村：明末清初吴伟业（1609—1672），字骏公，号梅村，别署鹿樵生、灌隐主人、大云道人。江苏太仓人，崇祯进士。与钱谦益、龚鼎孳并称"江左三大家"，又为娄东诗派开创者。

②白：指白居易（772—846），字乐天，号香山居士，又号醉吟先生。祖籍山西太原，其曾祖父时迁居下邽（今属陕西渭南）。

【引用诗词】

长恨歌

[唐] 白居易

汉皇①重色思倾国，御宇②多年求不得。

杨家有女③初长成，养在深闺人未识。

天生丽质难自弃，一朝选在君王侧。

回眸一笑百媚生，六宫粉黛无颜色。

春寒赐浴华清池④，温泉水滑洗凝脂。

侍儿扶起娇无力，始是新承恩泽时。

云鬓花颜金步摇⑤，芙蓉帐⑥暖度春宵。

春宵苦短日高起，从此君王不早朝。

承欢侍宴无闲暇，春从春游夜专夜⑦。

后宫佳丽三千人，三千宠爱在一身。

金屋妆成⑧娇侍夜，玉楼宴罢醉和春⑨。

姊妹弟兄皆列土⑩，可怜光彩生门户。

遂令天下父母心，不重生男重生女。

骊宫⑪高处入青云，仙乐风飘处处闻。

缓歌慢舞凝丝竹，尽日君王看不足。

渔阳鼙鼓⑫动地来，惊破霓裳羽衣曲⑬。

九重城阙⑭烟尘生，千乘万骑西南行。

翠华⑮摇摇行复止，西出都门百余里。

六军⑯不发无奈何，宛转蛾眉⑰马前死。

花钿⑱委地无人收，翠翘金雀玉搔头⑲。

君王掩面救不得，回看血泪相和流。

黄埃散漫风萧索，云栈萦纡登剑阁⑳。

峨眉山下少人行，旌旗无光日色薄。

蜀江水碧蜀山青，圣主朝朝暮暮情。

行宫㉑见月伤心色，夜雨闻铃肠断声。

天旋地转回龙驭，到此踟蹰不能去。

马嵬坡下泥土中，不见玉颜空死处。

君臣相顾尽沾衣，东望都门信马归。

归来池苑皆依旧，太液芙蓉未央㉒柳。

芙蓉如面柳如眉，对此如何不泪垂。

春风桃李花开日，秋雨梧桐叶落时。

西宫南内㉓多秋草，落叶满阶红不扫。

梨园弟子㉔白发新，椒房阿监青娥㉕老。

夕殿萤飞思悄然，孤灯挑尽未成眠。

迟迟钟鼓初长夜，耿耿星河欲曙天。

鸳鸯瓦㉖冷霜华重，翡翠衾寒谁与共。

悠悠生死别经年，魂魄不曾来入梦。

临邛道士鸿都㉗客，能以精诚致魂魄。

为感君王辗转思，遂教方士殷勤觅。

排空驭气奔如电，升天入地求之遍。

上穷碧落下黄泉㉘，两处茫茫皆不见。

忽闻海上有仙山，山在虚无缥缈间。

楼阁玲珑五云起，其中绰约㉙多仙子。

中有一人字太真，雪肤花貌参差㉚是。

金阙西厢叩玉扃㉛，转教小玉报双成㉜。

闻道汉家天子使，九华帐㉝里梦魂惊。

揽衣推枕起徘徊，珠箔银屏迤逦㉞开。

云鬓半偏新睡觉，花冠不整下堂来。

风吹仙袂飘飘举，犹似霓裳羽衣舞。

玉容寂寞泪阑干㉟，梨花一枝春带雨。

含情凝睇㊱谢君王，一别音容两渺茫。

昭阳殿㊲里恩爱绝，蓬莱宫㊳中日月长。

回头下望人寰㊴处，不见长安见尘雾。

唯将旧物表深情，钿合金钗寄将去㊵。

钗留一股合一扇，钗擘㊶黄金合分钿。

但教心似金钿坚，天上人间会相见。

临别殷勤重寄词，词中有誓两心知。

七月七日长生殿㊷，夜半无人私语时。

在天愿作比翼鸟㊸，在地愿为连理枝㊹。

天长地久有时尽，此恨绵绵无绝期。

【注释】

①汉皇：汉家天子。这里代指唐玄宗李隆基。

②御宇：驾驭天下。

③杨家有女：蜀州司户参军杨玄琰，有女杨玉环，幼孤，由叔父抚养，后为玄宗之子寿王李瑁之妃。玄宗闻其貌美，便招纳禁中，先令其自求为女道士，号太真。后被玄宗册封为贵妃。

④华清池：华清池温泉，在今陕西临潼南的骊山下。

⑤金步摇：缀着垂珠之类的金首饰，走路时摇曳生姿。

⑥芙蓉帐：绣着莲花的帷帐，形容其精美。

⑦专夜：皇帝只与她同宿。

⑧金屋：原指汉武帝金屋藏娇，此处指杨贵妃的居所。妆成：打扮好。

⑨醉和春：醉态蕴含春情。

⑩列土：分封土地。

⑪骊宫：骊山华清宫。

⑫渔阳：蓟州渔阳郡，在今天津。当时属于平卢、范阳、河东三镇节度使安禄山的辖区。天宝十四年（755）冬，安禄山在范阳起兵叛乱。鼙（pí）鼓：古代骑兵用的鼓，此处借指战争。

⑬霓裳羽衣曲：唐舞曲，着意表现虚无缥缈的仙境和仙女形象。天宝后失传。

⑭九重城阙：此指长安。

⑮翠华：指天子仪仗。

⑯六军：指天子军队。

⑰蛾眉：美人的代称，此指杨贵妃。

⑱花钿：花钗。

⑲翠翘：像翠鸟长尾的首饰。金雀：雀形金钗。玉搔头：玉簪。

⑳云栈：栈道。萦纡（yū）：萦回盘旋。剑阁：又称剑门关，在今四川剑阁境内，是由秦入蜀的要道。

㉑行宫：皇帝外出时的临时住所。

㉒太液：汉宫太液池。未央：汉代未央宫，借指唐朝长安皇宫。

㉓西宫：西宫即西内太极宫。南内：兴庆宫。玄宗返京后，初居南内。后被权宦李辅国假借肃宗名义胁迫迁往西内。

㉔梨园弟子：指玄宗当年训练的乐工舞女。

㉕椒房：后妃居所。阿监：宫中的侍从女官。青娥：年轻宫女。

㉖鸳鸯瓦：屋顶上俯仰相对合在一起的瓦，又称阴阳瓦。

㉗临邛（qióng）：今四川邛崃。鸿都：东汉都城洛阳的宫门名，借指长安。

㉘碧落：青天。黄泉：指地下。

㉙绰约：柔美。

㉚参差：大概，差不多。

㉛金阙：黄金装饰的宫殿门楼。玉扃（jiōng）：玉门。

㉜小玉：吴王夫差小女。双成：仙女。这里借指杨贵妃所在仙山的侍女。

㉝九华帐：绣饰精美的帷帐。

㉞珠箔：珠帘。迤逦（yǐ lǐ）：曲折连绵。

㉟阑干：纵横貌。

㊱凝睇（dì）：凝视。

㊲昭阳殿：汉宫殿，成帝宠妃赵飞燕的寝宫。

㊳蓬莱宫：传说中的海上仙山。指贵妃的仙山居所。

㊴人寰：人间。

㊵钿合：宝钿镶嵌的盒子。寄将去：托道士带回。

㊶擘（bò）：剖。钗分两股，各留一半。盒分两扇，各留一边。

㊷长生殿：在骊山华清宫内，又名集灵台，天宝元年（742）建。

㊸比翼鸟：传说的鸟名，据说只有一目一翼，雌雄并在一起才能飞。

㊹连理枝：两棵树的枝干缠绕在一起。

五九

近体诗体制，以五七言绝句为最尊，律诗次之，排律最下。盖此体于寄兴言情，两无所当，殆有韵之骈体文耳。词中小令如绝句，长调似律诗，若长调之《百字令》《沁园春》等，则近于排律矣。

六〇

诗人对宇宙人生，须入乎其内，又须出乎其外。入乎其内，故能写之。出乎其外，故能观之。入乎其内，故有生气。出乎其外，故有高致。美成能入而不出。白石以降，于此二事皆未梦见。

六一

诗人必有轻视外物之意，故能以奴仆命风月。又必有重视外物之意，故能与花鸟共忧乐。

六二

　　"昔为倡家女，今为荡子妇。荡子行不归，空床难独守。""何不策高足，先据要路津。无为守穷贱，轗轲长苦辛。"可谓淫鄙之尤。然无视为淫词、鄙词者，以其真也。五代、北宋之大词人亦然。非无淫词，读之者但觉其亲切动人。非无鄙词，但觉其精力弥满。可知淫词与鄙词之病，非淫与鄙之病，而游词之病也。"岂不尔思，室是远而。"而子曰："未之思也，夫何远之有？"①恶其游也。

【注释】

　　①未之思也，夫何远之有：出自《论语·子罕》："'唐棣之华，偏其反而。岂不尔思，室是远而。'子曰：'未之思也，夫何远之有？'"

【引用诗词】

古诗十九首

其二

青青河畔草，郁郁园中柳。

盈盈楼上女，皎皎①当窗牖。

娥娥②红粉妆，纤纤出素手。

昔为倡家③女，今为荡子④妇。

荡子行不归，空床难独守。

【注释】

①皎皎：光明貌。形容女子皮肤白嫩。

②娥娥：娇美的样子。

③倡家：歌舞伎。

④荡子：四处游荡不归的人。

古诗十九首

其四

今日良宴会①，欢乐难具陈。

弹筝奋逸响②，新声妙入神。

令德③唱高言，识曲听其真。

齐心同所愿，含意俱未申。

人生寄一世，奄忽若飙尘④。

何不策高足⑤，先据要路津⑥。

无为守穷贱，轗轲⑦长苦辛。

【注释】

①良宴会：热闹的聚会。

②逸响：不同凡尘的音响。

③令德：美好的德行。

④奄忽：急剧。飙尘：大风卷起的尘土。

⑤策高足：鞭打快马。

⑥要路津：必经之路。指官场高位。

⑦轗（kǎn）轲：古同"坎坷"。道路不平，比喻人生多艰或不得志。

六三

"枯藤老树昏鸦。小桥流水平沙。古道西风瘦马。夕阳西下。断肠人在天涯。"此元人马东篱①《天净沙》小令也。寥寥数语，深得唐人绝句妙境。有元一代词家，皆不能办此也。

【注释】

①马东篱：元代马致远（约1250—约1321），字千里，号东篱，与关汉卿、郑光祖、白朴并称"元曲四大家"。

六四

白仁甫①《秋夜梧桐雨》剧，沉雄悲壮，为元曲冠冕。然所作《天籁词》，粗浅之甚，不足为稼轩奴隶。岂创者易工而因者难巧欤？抑人各有能有不能也？读者观欧、秦之诗，远不如词，足透此中消息。

【注释】

①白仁甫：元代著名杂剧作家白朴（1226—约1306），原名
恒，字仁甫，后改名朴，字太素，号兰谷。终身未仕。代表作
主要有《梧桐雨》《墙头马上》等。

宣统庚戌九月脱稿于京师定武城南寓庐

卷下 《人间词话》删稿

白石之词，余所最爱者，亦仅二语，曰："淮南皓月冷千山，冥冥归去无人管。"

【引用诗词】

踏莎行

[南宋] 姜夔

自沔东来，丁未元日，至金陵，江上感梦而作。

燕燕①轻盈，莺莺娇软。分明又向华胥②见。夜长争得薄情知，春初早被相思染。

别后书辞，别时针线。离魂暗逐郎行远。淮南③皓月冷千山，冥冥归去无人管。

【注释】

①燕燕：与下面的"莺莺"都是对所喜欢女子的爱称。

②华胥：指梦。传说黄帝曾梦里游览华胥氏之国。

③淮南：淮水南边。

二

双声、叠韵之论，盛于六朝，唐人犹多用之。至宋以后，则渐不讲，并不知二者为何物。乾嘉①间，吾乡周松霭先生（春）②著《杜诗双声叠韵谱括略》，正千余年之误，可谓有功文苑者矣。其言曰："两字同母谓之双声，两字同韵谓之叠韵。"余按：用今日各国文法通用之语表之，则两字同一子音者谓之双声。如《南史·羊元保传》之"官家恨狭，更广八分"，"官、家、更、广"四字皆从"k"得声。《洛阳伽蓝记》之"狞奴慢骂"，"狞、奴"二字皆从"n"得声。"慢、骂"二字皆从"m"得声也。两字同一母音者，谓之叠韵。如梁武帝③"后牖有朽柳"，"后、牖、有"三字双声而兼叠韵。"有、朽、柳"三字，其母音皆为"u"。刘孝绰④之"梁皇长康强"，"梁、长、强"三字，其母音皆为"ian"也。自李淑⑤《诗苑》伪造沈约⑥之说，以双声叠韵为诗中八病之二，后世诗家多废而不讲，亦不复用之于词。余谓苟于词之荡漾处多用叠韵，促节处用双声，则其铿锵可诵，必有过于前人者。惜世之专讲音律者，尚未悟此也。

【注释】

①乾嘉：指清朝两位皇帝的年号。乾隆（1736—1795），清高宗弘历年号；嘉庆（1796—1820），清仁宗颙琰年号。

②周松霭先生（春）：周春，字屯兮，号松霭，清代学者。

③梁武帝：萧衍（464—549），南朝梁君主、诗人。

④刘孝绰：刘冉（481—539），字孝绰，小字阿士，南朝梁文学家。

⑤李淑：字献臣，北宋文学家，有《诗苑类格》，今佚。

⑥沈约（441—513）：字休文，南朝梁文学家。

三

世人但知双声之不拘四声，不知叠韵亦不拘平、上、去三声。凡字之同母者，虽平仄有殊，皆叠韵也。

四

诗至唐中叶以后，殆为羔雁之具①矣。故五代、北宋之诗，佳者绝少，而词则为其极盛时代。即诗词兼擅如永叔、少游者，词胜于诗远甚。以其写之于诗者，不若写之于词者之真也。至南宋以后，词亦为羔雁之具，而词亦替矣。此亦文学升降之一关键也。

【注释】

①羔雁之具：应酬之物。

五

曾纯甫①中秋应制，作《壶中天慢》词，自注云："是夜西兴亦闻天乐。"谓宫中乐声闻于隔岸也。毛子晋②谓："天神亦不以人废言。"近冯梦华③复辨其诬。不解"天乐"二字文义，殊笑人也。

【注释】

①曾纯甫：南宋词人曾觌（dí，1109—1180），字纯甫。

②毛子晋：明末清初藏书家毛晋（1599—1659），字子晋。

③冯梦华：清代词人、词论家冯煦（1842—1927），字梦华，号蒿庵。

【引用诗词】

壶中天慢

［南宋］曾觌

此进御月词也。上皇大喜曰："从来月词不曾用'金瓯'事，可谓新奇。"赐金束带、紫番罗、水晶碗。上亦赐宝盏。至一更五点还宫。是夜西兴亦闻天乐焉。

素飙漾碧，看天衢①稳送，一轮明月。翠水瀛壶②人不到，比似世间秋别。玉手瑶笙，一时同色，小按霓裳叠。天津桥上，有人偷记新阕。

当日谁幻银桥，阿瞒儿戏，一笑成痴绝。肯信群仙高宴处，移下水晶宫阙。云海尘清，山河影满，桂冷吹香雪。何劳玉斧，金瓯③千古无缺。

【注释】

①天衢（qú）：天空。

②瀛（yíng）壶：瀛洲，海外仙山。

③金瓯（ōu）：比喻疆土之完固。

六

北宋名家以方回①为最次，其词如历下、新城②之诗，非不华赡，惜少真味。至宋末诸家③，仅可譬之腐烂制艺④，乃诸家之享重名者且数百年，始知世之幸人不独曹蜍、李志⑤也。（注："至宋末诸家……不独曹蜍、李志也"，原已删去。）

【注释】

①方回：贺铸。

②历下：李攀龙（1514—1570），字于鳞，号沧溟，历城（今属山东济南）人，明代文学家。新城：王士祯（1634—1711），

初名士禛，字贻上，号阮亭，别号渔洋山人，新城（今山东桓台）人，清代文学家。

③宋末诸家：指南宋史达祖、吴文英、陈允平、周密、张炎等词人。

④制艺：科举考试的八股文。

⑤"始知"句：刘义庆《世说新语》："廉颇、蔺相如虽千载上死人，懔懔恒如有生气；曹蜍、李志虽见在，厌厌如九泉下人。"

七

散文易学而难工，骈文难学而易工。近体诗易学而难工，古体诗难学而易工。小令易学而难工，长调难学而易工。

八

古诗云："谁能思不歌，谁能饥不食。"诗词者，物之不得其平而鸣者也。故欢愉之辞难工，愁苦之言易巧①。

【注释】

①"欢愉"两句：语出韩愈《荆谭唱和诗序》："夫和平之音淡薄，而愁思之声要妙，欢愉之词难工，而穷苦之言易好也。是故文章之作，恒发于羁旅草野。"

子夜歌

谁能思不歌，谁能饥不食。

日冥当户倚，惆怅底不忆。

九

社会上之习惯，杀许多之善人。文学上之习惯，杀许多之天才。

一〇

昔人论诗词，有景语、情语之别。不知一切景语皆情语也。

一一

词家多以景寓情。其专作情语而绝妙者，如牛峤①之"甘（当作'须'）作一生拚，尽君今日欢"，顾夐②之"换我心，为你心，始知相忆深"，欧阳修之"衣带渐宽终不悔，为伊消得人憔悴"③，美成之"许多烦恼，只为当时，一晌留情"。此等词，求之古今人词中，曾不多见。

【注释】

①牛峤（约890年前后在世）：字松卿，一字延峰，陇西人。生卒年均不详，以词著名，词格类温庭筠。

②顾夐（xiòng）：五代前蜀词人。生卒年、籍贯及字号均不详。他能诗善词。《花间集》收其词五十五首。

③"衣带渐宽"两句：此词既见《六一词》，又见《乐章集》，王国维主张其为欧阳修作品，但现在多数人认为是柳永词。词牌名为《凤栖梧》，又名《蝶恋花》。

【引用诗词】

菩萨蛮

[五代] 牛峤

玉楼冰簟①鸳鸯锦，粉融香汗流山枕。帘外辘轳声②，敛眉含笑惊。

柳阴烟漠漠，低鬓蝉钗落。须作一生拚，尽君今日欢。

【注释】

①冰簟（diàn）：凉席。

②辘轳声：用辘轳汲水的声音。

诉衷情

[五代前蜀] 顾夐

永夜抛人何处去，绝来音。香阁掩，眉敛，月将沉。

争忍不相寻，怨孤衾。换我心，为你心，始知相忆深。

庆宫春

[北宋] 周邦彦

云接平冈，山围寒野，路回渐转孤城。衰柳啼鸦，惊风驱雁，动人一片秋声。倦途休驾，澹烟里，微茫见星。尘埃憔悴，生怕黄昏，离思牵萦。

华堂旧日逢迎。花艳参差，香雾飘零。弦管当头，偏怜娇凤，夜深簧暖笙清。眼波传意，恨密约①、匆匆未成。许多烦恼，只为当时，一晌留情。

【注释】

①密约：偷偷约会。

一二

词之为体，要眇宜修。能言诗之所不能言，而不能尽言诗之所能言。诗之境阔，词之言长。

一三

言气质，言神韵，不如言境界。有境界，本也。气质、神韵，末也。有境界而二者随之矣。

一四

"西（当作'秋'）风吹渭水，落日（当作'叶'）满长安。"美成以之入词，白仁甫以之入曲，此借古人之境界为我之境界者也。然非自有境界，古人亦不为我用。

【引用诗词】

忆江上吴处士

［唐］贾岛

闽国①扬帆去，蟾蜍②亏复圆。
秋风吹渭水③，落叶满长安。
此夜聚会夕，当时雷雨寒。
兰桡④殊未返，消息海云端。

【注释】

①闽国：指今福建。

②蟾蜍：代指月亮。

③渭水：在今天陕西省。

④兰桡（ráo）：木兰做的桨，代指船。

齐天乐　秋思

［北宋］周邦彦

绿芜凋尽台城①路，殊乡②又逢秋晚。暮雨生寒，鸣蛩③劝织，深阁时闻裁剪。云窗④静掩。叹重拂罗裀⑤，顿疏花簟⑥。尚有练囊⑦，露萤清夜照书卷。

荆江留滞最久，故人相望处，离思何限。渭水西风，长安乱叶，空忆诗情宛转。凭高眺远。正玉液⑧新篘⑨，蟹螯初荐。醉倒山翁⑩，但愁斜照敛。

【注释】

①台城：故址在今江苏南京玄武湖畔，为三国吴后苑城。

②殊乡：他乡。

③蛩（qióng）：蟋蟀。

④云窗：雕刻云形图案的窗户。

⑤裀（yīn）：垫子。

⑥花簟：带花纹的竹席。

⑦練囊：粗麻布袋。

⑧玉液：酒的美称。

⑨筹（chōu）：滤酒的竹器。

⑩山翁：指晋山简，曾任镇南将军守卫襄阳，性喜饮酒。

［双调］德胜乐　秋
［元］白朴

玉露冷，蛩吟砌。听落叶西风渭水。寒雁儿长空嘹唳①。陶元亮②醉在东篱。

【注释】

①嘹唳（liáo lì）：形容声音响亮凄清。

②陶元亮：陶渊明。

普天乐①
［元］白朴

恨无穷，愁无限。争奈仓卒之际，避不得蓦②岭登山。銮驾迁，成都③盼。更那堪泸水④西飞雁，一声声送上雕鞍。伤心故园，西风渭水，落日长安。

①此为杂剧《梧桐雨》第二折曲。

②蓦：超越。

③成都：唐玄宗曾入蜀避难。

④浐（chǎn）水：源出陕西蓝田，流经长安（今陕西西安），入灞水。

一五

长调自以周、柳、苏、辛①为最工。美成《浪淘沙》二词，精壮顿挫，已开北曲之先声。若屯田②之《八声甘州》、东坡之《水调歌头》，则仟兴之作，格高千古，不能以常调论也。

【注释】

①周、柳、苏、辛：分别为周邦彦、柳永、苏轼、辛弃疾。

②屯田：北宋柳永（约1004—约1054），原名三变，字景庄，后改名永，字耆卿，因排行第七，又称柳七，崇安（今福建武夷山）人。

【引用诗词】

浪淘沙慢

[北宋] 周邦彦

昼阴重，霜凋岸草，雾隐城堞①。南陌脂车②待发，东门帐饮乍阕③。正拂面垂杨堪揽结。掩红泪④、玉手亲折。念汉浦⑤离鸿去何许，经时信音绝。

情切。望中地远天阔。向露冷风清无人处，耿耿寒漏咽。嗟万事难忘，唯是轻别。翠尊未竭。凭断云、留取西楼残月。罗带光销纹衾叠。连环⑥解、旧香顿歇。怨歌永、琼壶⑦敲尽缺。恨春去、不与人期，弄夜色，空余满地梨花雪。

【注释】

①城堞（dié）：城上锯齿状的矮墙。

②脂车：车轮和车轴上加过油的车子。

③阕：终了。

④红泪：血泪。

⑤汉浦：汉水边。暗用郑交甫在汉水遇美人的典故。

⑥连环：玉连环，象征爱情。连环解则比喻情断。

⑦琼壶：玉壶。

浪淘沙慢

[北宋] 周邦彦

万叶战，秋声露结，雁度砂碛①。细草和烟尚绿，遥山向晚更碧。见隐隐云边新月白。映落照、帘幕千家，听数声、何处倚楼笛，装点尽秋色。

脉脉。旅情暗自消释。念珠玉②临水犹悲感，何况天涯客。忆少年歌酒，当时踪迹。岁华易老，衣带宽，懊恼心肠终窄。飞散后、风流人阻。蓝桥约③、怅恨路隔。马蹄过、犹嘶旧巷陌。叹往事、一一堪伤，旷望极，凝思又把阑干拍。

【注释】

①砂碛（qì）：沙漠。此处指边疆。

②珠玉：美丽的容貌。

③蓝桥约：唐代裴铏《传奇》：裴航下第，途经蓝桥驿时，有女名云英，以水浆供其饮用，甘美异常。后得仙人引领，访得玉白为云英捣药，遂娶其为妻，成仙而去。

八声甘州

[北宋]柳永

对潇潇暮雨洒江天，一番洗清秋。渐霜风①凄紧，关河②冷落，残照当楼。是处③红衰翠减，苒苒物华休。惟有长江水，无语东流。

不忍登高临远，望故乡渺邈，归思难收。叹年来踪迹，何事苦淹留。想佳人、妆楼颙望④，误几回、天际识归舟。争⑤知我、倚阑干处，正恁⑥凝愁。

【注释】

①霜风：深秋的风。

②关河：山河。

③是处：到处。

④颙（yóng）望：凝望。

⑤争：怎么。

⑥恁：那样，如此。

水调歌头

[北宋] 苏轼

丙辰中秋，欢饮达旦，大醉，作此篇，兼怀子由。

明月几时有，把酒问青天。不知天上宫阙，今夕是何年。我欲乘风归去，又恐琼楼玉宇[①]，高处不胜寒。起舞弄清影，何似在人间。

转朱阁，低绮户，照无眠。不应有恨，何事偏向别时圆。人有悲欢离合，月有阴晴圆缺，此事古难全。但愿人长久，千里共婵娟[②]。

【注释】

①琼楼玉宇：指月中宫殿。

②婵娟：美好。代指月亮。

一六

稼轩《贺新郎》词《送茂嘉十二弟》，章法绝妙。且语语有境界，此能品而几于神者。然非有意为之，故后人不能学也。

贺新郎　送茂嘉十二弟

［南宋］辛弃疾

　　绿树听鹈鴂①。更那堪、鹧鸪声住，杜鹃声切。啼到春归无寻处，苦恨芳菲都歇。算未抵、人间离别。马上琵琶关塞黑，更长门翠辇辞金阙。看燕燕②，送归妾。

　　将军③百战身名裂。向河梁、回头万里，故人长绝。易水萧萧④西风冷，满座衣冠似雪。正壮士、悲歌未彻⑤。啼鸟还知如许恨，料不啼清泪长啼血。谁共我，醉明月。

【注释】

　　①鹈鴂（tí jué）：鸟名，是在暮春时节啼叫的鸟，叫声很悲切。

　　②燕燕：《诗经·邶风·燕燕》："燕燕于飞，参池其羽。之子于归，远送于野。"《毛传》说是庄姜送戴妫大归作。

　　③将军：指汉将领李陵。

　　④易水萧萧：战国末年，荆轲刺秦王，太子丹携宾客于易

水边送行，皆着白衣冠。荆轲歌曰："风萧萧兮易水寒，壮士一去兮不复还。"

⑤未彻：未尽。

一七

稼轩《贺新郎》词："柳暗凌波路。送春归、猛风暴雨，一番新绿。"又《定风波》词："从此酒酣明月夜。耳热。""绿""热"二字皆作上去用。与韩玉①《东浦词·贺新郎》，以"玉""曲"叶"注""女"，《卜算子》以"夜""谢"叶"食""月"，已开北曲四声通押之祖。

【注释】

①韩玉：字温甫，本为金人，绍兴初挈家南渡。有《东浦词》，又称"韩东浦"。

【引用诗词】

贺新郎

[南宋] 辛弃疾

柳暗凌波路。送春归、猛风暴雨，一番新绿。千里潇湘葡萄涨①，人解扁舟欲去。又樯燕②、留人相语。

艇子飞来生尘步，唾花寒、唱我新番句。波似箭，催鸣橹。

黄陵^③祠下山无数。听湘娥^④、泠泠曲罢，为谁情苦。行到东吴春已暮，正江阔潮平稳渡。望金雀、觚稜^⑤翔舞。前度刘郎^⑥今重到，问玄都千树花存否。愁为倩，幺弦^⑦诉。

【注释】

①葡萄涨：李白《襄阳歌》有"遥看汉水鸭头绿，恰似葡萄初酦醅"句。

②樯（qiáng）燕：杜甫《发潭州》有"岸花飞送客，樯燕语留人"句。

③黄陵：黄陵山。

④湘娥：湘水之神，娥皇、女英，尧之二女，舜之二妃。

⑤金雀、觚稜（gū léng）：汉班固《西都赋》："周庐千列，微道绮错。华路经营，修途飞阁……设璧门之凤阙，上觚稜而栖金爵。"觚稜，是阙角。其中的金爵就是凤凰的代称。

⑥刘郎：唐代诗人刘禹锡。曾作两首关于玄都观的诗：《玄都观桃花》："紫陌红尘拂面来，无人不道看花回。玄都观里桃千树，尽是刘郎去后栽。"《再游玄都观》："百亩庭中半是苔，桃花净尽菜花开。种桃道士归何处，前度刘郎今又来。"

⑦幺弦：为琵琶第四弦，最细，故称。

定风波　自和

[南宋] 辛弃疾

金印累累佩陆离①，河梁②更赋断肠诗。莫拥旌旗真个去。何处。玉堂元自要论思。

且约风流三学士③。同醉。春风看试几枪旗④。从此酒酣明月夜。耳热。那边应是说侬时。

【注释】

①陆离：参差众多貌。

②河梁：汉代李陵《与苏武诗》云："携手上河梁，游子暮何之。"

③风流三学士：南宋许颢《彦周诗话》云："《会老堂致语》曰：'金马玉堂三学士，清风明月两闲人。'"

④枪旗：宋叶梦得《避暑录话》："草茶极品唯双井、顾渚……茶味虽均，其精者在嫩芽，取其初萌如雀舌者谓之枪，稍敷而为叶者谓之旗。"

贺新郎　咏水仙

［南宋］韩玉

绰约人如玉。试新妆、娇黄半绿，汉宫匀注。倚傍小栏闲凝伫，翠带风前似舞。记洛浦、当年俦侣①。罗袜尘生香冉冉，料征鸿微步凌波女。惊梦断，楚江曲。

春工若见应为主。忍教都、闲亭笛馆，冷风凄雨。待把此花都折取，和泪连香寄与。须信道、离情如许。烟水茫茫斜照里，是骚人九辨招魂②处。千古恨，与谁语。

【注释】

①俦（chóu）侣：伴侣，朋辈。

②九辨招魂:《九辩》《招魂》，都是《楚辞》里的篇章。辩、辨，古时通用。

卜算子

［南宋］韩玉

杨柳绿成阴，初过寒食节。门掩金铺独自眠，那更逢寒夜。

强起立东风，惨惨梨花谢。何事王孙不早归，寂寞秋千月。

一八

谭复堂①《箧中词选》谓："蒋鹿潭②《水云楼词》，与成容若③、项莲生④，二百年间，分鼎三足。"然《水云楼词》，小令颇有境界，长调惟存气格。《忆云词》精实有余，超逸不足，皆不足与容若比。然视皋文⑤、止庵⑥辈，则倜乎远矣。

【注释】

①谭复堂：清代谭献（1832—1901），字仲修，号复堂，词论家。

②蒋鹿潭：清代词人蒋春霖（1818—1868），字鹿潭。

③成容若：纳兰性德。

④项莲生：清代词人项鸿祚（1798—1835），字莲生，有《忆云词》。

⑤皋文：清代张惠言。

⑥止庵：清代周济。

一九

词家时代之说，盛于国初。竹垞^①谓：词至北宋而大，至南宋而深。后此词人，群奉其说。然其中亦非无具眼者。周保绪^②曰："南宋下不犯北宋拙率之病，高不到北宋浑涵之诣。"又曰："北宋词多就景叙情，故珠圆玉润，四照玲珑。至稼轩、白石，一变而为即事叙景，使深者反浅，曲者反直。"潘四农（德舆）^③曰："词滥觞于唐，畅于五代，而意格之闳深曲挚，则莫盛于北宋。词之有北宋，犹诗之有盛唐。至南宋则稍衰矣。"刘融斋（熙载）曰："北宋词用密亦疏，用隐亦亮，用沉亦快，用细亦阔，用精亦浑。南宋只是掉转过来。"可知此事自有公论。虽止庵词颇浅薄，潘、刘尤甚，然其推尊北宋，则与明季云间诸公^④同一卓识也。

【注释】

①竹垞（chá）：清代文学家朱彝尊（1629—1709），字锡鬯（chàng），号竹垞，又号驱芳，晚号小长芦钓鱼师，又号金风亭长。秀水（今浙江嘉兴）人。清代文学家、藏书家。

②周保绪：周济。

③潘四农（德舆）：潘德舆（1785—1839），字彦辅，号四农，别号艮庭居士、三录居士、念重学人、念石人，江苏山阳（今江苏淮安）人。清代诗文家、文学评论家。为人性至孝。

④云间诸公：明末词人陈子龙、宋徵舆、李雯、宋徵璧、宋存标、宋思玉等人。其中陈子龙、宋徵舆、李雯三人皆为松江华亭（今上海，云间为松江别称）人，时称"云间三子"。

二〇

唐五代北宋之词，可谓生香真色。若云间诸公，则采花耳。湘真①且然，况其次也者乎！

【注释】

①湘真：明末文学家陈子龙（1608—1647），初名介，字人中，号大樽。南直隶松江华亭（今上海）人。词集有《湘真阁存稿》《江蓠槛》两种，均佚，有辑本。

二一

《衍波词》①之佳者，颇似贺方回。虽不及容若，要在锡鬯、其年之上。

【注释】

①《衍波词》：是清初文学家王士禛的词集。王士禛（1634—1711），初名士禛，字子真，一字贻上、豫孙，号阮亭，又号渔洋山人，人称王渔洋。新城（今山东桓台）人，常自称济南人。

二二

近人词，如《复堂词》之深婉，《彊村^①词》之隐秀，皆在半塘老人上。彊村学梦窗，而情味较梦窗反胜。盖有临川^②、庐陵^③之高华，而济以白石之疏越者。学人之词，斯为极则。然古人自然神妙处，尚未见及。

【注释】

①彊村：朱孝臧（1857—1931），一名祖谋，字古微，号彊村，词人。

②临川：王安石（1021—1086），字介甫，号半山，临川（今江西抚州）人。

③庐陵：欧阳修。

二三

宋直方^①《蝶恋花》："新样罗衣浑弃却，犹寻旧日春衫著。"谭复堂《蝶恋花》："连理枝头侬与汝，千花百草从渠许。"可谓寄兴深微。

【注释】

①宋直方：明末词人宋徵舆（1618—1667），字直方。

【引用诗词】

蝶恋花

[明] 宋徵舆

宝枕轻风秋梦薄。红敛双蛾①，颠倒垂金雀②。新样罗衣浑弃却，犹寻旧日春衫著。

偏是断肠花③不落。人苦伤心，镜里颜非昨。曾误当初青女④约，只今霜夜思量着。

【注释】

①双蛾：双眉。

②金雀：雀形金头饰。

③断肠花：秋海棠的别名。

④青女：主霜雪的神。

蝶恋花

[清] 谭献

帐里迷离①香似雾。不烬炉灰，酒醒闻余语。连理枝头侬②与汝，千花百草从渠许。

莲子青青心独苦。一唱将离，日日风兼雨。豆蔻^③香残杨柳暮，当时人面无寻处。

【注释】

①迷离：模糊。

②侬：我。

③豆蔻：一种草本植物。

二四

《半塘丁稿》^①中和冯正中《鹊踏枝》十阕^②，乃《鹜翁词》之最精者。"望远愁多休纵目"等阕，郁伊惝恍，令人不能为怀。《定稿》只存六阕，殊为未允也。

【注释】

①《半塘丁稿》：作者为晚清词人王鹏运（1849—1904），字佑遐，一字幼霞，中年自号半塘老人，又号鹜翁，晚年号半塘僧鹜。广西临桂（今桂林）人。工词，与况周颐、朱孝臧、郑文焯合称"清末四大家"。著有《味梨词》《鹜翁词》等集，后删定为《半塘定稿》。

②和冯正中《鹊踏枝》十阕：王鹏运和冯延已《鹊踏枝》十四阕，《鹜翁词》中收录十阕。《鹜翁词》中原文："冯正中《鹊踏枝》十四阕，郁伊惝恍，义兼比兴，蒙耆诵焉。春日端

居，依次属和。就韵成词，无关寄托，而章句尤为凌杂。忆云生云：'不为无益之事，何以遣有涯之生。'三复前言，我怀如揭矣。时光绪丙申三月二十八日。录十。"

【引用诗词】

鹊踏枝

〔清〕王鹏运

其一

落蕊残阳红片片。懊恨比邻，尽日流莺转。似雪杨花吹又散，东风无力将春限。

慵把香罗裁便面。换到轻衫，欢意垂垂浅。襟上泪痕犹隐见，笛声催按梁州遍。

其二

斜日危阑凝伫久。问讯花枝，可是年时旧。浓睡朝朝如中酒，谁怜梦里人消瘦。

香阁帘栊烟阁柳。片霎氤氲，不信寻常有。休遣歌筵回舞袖，好怀珍重春三后。

其三

谱到阳关声欲裂。亭短亭长，杨柳那堪折。挑菜渐裙春事歇，带罗羞指同心结。

千里孤光同皓月。画角吹残，风外还呜咽。有限坠欢争忍说，伤生第一生离别。

其四

风荡春云罗样薄。难得轻阴，芳事休闲却。几日啼鹃花又落，绿笺莫忘深深约。

老去吟情浑寂寞。细雨檐花，空忆灯前酌。隔院玉箫声乍作，眼前何物供哀乐。

其五

漫说目成心便许。无据杨花，风里频来去。怅望朱楼难寄语，伤春谁念司勋误。

枉把游丝牵弱缕。几片闲云，迷却相思路。锦帐珠帘歌舞处，旧欢新恨思量否。

其六

昼日恹恹惊夜短。片霎欢娱，那惜千金换。燕睨莺鞶春不管，敢辞弦索为君断。

隐隐轻雷闻隔岸。暮雨朝霞，咫尺迷银汉。独对舞衣思旧伴，龙山极目烟尘满。

其七

望远愁多休纵目。步绕珍丛，看笋将成竹。晓露暗垂珠簏簌，芳林一带如新浴。

檐外春山森碧玉。梦里骖鸾，记过清湘曲。自定新弦移雁足，弦声未抵归心促。

其八

谁遣春韶随水去。醉倒芳尊，忘却朝和暮。换尽大堤芳草路，倡条都是相思树。

蜡烛有心灯解语。泪尽唇焦，此恨消沉否。坐对东风怜弱絮，萍飘后日知何处。

其九

对酒肯教欢意尽。醉醒恹恹，无那忺春困。锦字双行笺别恨，泪珠界破残妆粉。

轻燕受风飞远近。消息谁传，盼断乌衣信。曲几无憀闲自隐，镜奁心事孤鸾鬓。

其十

几见花飞能上树。难系流光，枉费垂杨缕。筝雁斜飞排锦柱，只伊不解将春去。

漫诩心情黏地絮。容易飘飏，那不惊风雨。倚遍阑干谁与语，思量有恨无人处。

二五

固哉，皋文之为词也！飞卿《菩萨蛮》、永叔《蝶恋花》、子瞻《卜算子》，皆兴到之作，有何命意？皆被皋文深文罗织。阮亭①《花草蒙拾》谓："坡公命宫磨蝎，生前为王珪、舒亶辈所苦，身后又硬受此差排。"由今观之，受差排者，独一坡公已耶？

【注释】

①阮亭：王士祯。

【引用诗词】

菩萨蛮

［唐］温庭筠

小山重叠金明灭①，鬓云②欲度香腮雪。懒起画蛾眉，弄妆梳洗迟。

照花前后镜，花面交相映。新贴绣罗襦③，双双金鹧鸪。

【注释】

①小山：屏风上画的山。金明灭：阳光照到屏风上闪烁的光线。

②鬓云：黑发。

③罗襦：绸缎的短袄。

卜算子 黄州①定慧院寓居作

［北宋］苏轼

缺月挂疏桐，漏断人初静。谁见幽人②独往来，缥缈孤鸿影。

惊起却回头，有恨无人省。拣尽寒枝不肯栖，寂寞沙洲冷。

【注释】

①黄州：今湖北黄冈。

②幽人：独居之人，此处是词人自指。

二六

贺黄公①谓："姜论史词,不称其'软语商量',而称其'柳昏花暝',固知不免项羽学兵法之恨。"然"柳昏花暝",自是欧、秦辈句法,前后有画工化工之殊。吾从白石,不能附和黄公矣。

【注释】

①贺黄公:贺裳,字黄公,号檗斋,别号白凤词人,江南丹阳人。生卒年均不详,清康熙初诸生。工于词,有《红牙词》《皱水轩词筌》等。

二七

"池塘春草谢家春,万古千秋五字新。传语闭门陈正字①,可怜无补费精神。"此遗山②《论诗绝句》也。梦窗、玉田辈,当不乐闻此语。

【注释】

①陈正字:北宋诗人陈师道(1053—1102),字履常,一字无己,号后山居士,彭城(今江苏徐州)人。一生安贫乐道,闭门苦吟。

②遗山:金代著名词人元好问("好"音取hào,喜爱之

意，名与字义同），字裕之，号遗山，太原秀容（今山西忻州）人，系出北魏鲜卑族拓跋氏。

二八

朱子①《清邃阁论诗》谓："古人诗中（原无'诗中'两字，依《朱子大全》增）有句，今人诗更无句，只是一直说将去。这般一日作百首也得。"余谓北宋之词有句，南宋以后便无句。如玉田、草窗之词，所谓"一日作百首也得"者也。

【注释】

①朱子：朱熹（1130—1200），字元晦，号晦庵，祖籍江南东路徽州府婺源县（今江西婺源），出生于南剑州尤溪（今属福建尤溪）。南宋著名的理学家、教育家、诗人，世人尊称他为朱子。

二九

朱子谓梅圣俞诗"不是平淡，乃是枯槁①"。余谓草窗、玉田之词亦然。

【注释】

①枯槁（gǎo）：草木枯萎。

三〇

"自怜诗酒瘦，难应接、许多春色。""能几番游，看花又是明年。"此等语亦算警句耶？乃值如许笔力。

【引用诗词】

喜迁莺

［南宋］史达祖

月波疑滴，望玉壶天近，了无尘隔。翠眼圈花，冰丝织练，黄道宝光相直①。自怜诗酒瘦，难应接、许多春色。最无赖，是随香趁烛，曾伴狂客。

踪迹。谩记忆。老了杜郎②，忍听东风笛。柳院灯疏，梅厅雪在，谁与细倾春碧③。旧情拘未定，犹自学、当年游历。怕万一，误玉人、夜寒帘隙。

【注释】

①黄道：太阳运行的轨迹。相直：相对。

②杜郎：杜牧。此处词人自指。

③春碧：酒。

高阳台　西湖春感

[南宋] 张炎

接叶①巢莺，平波卷絮，断桥②斜日归船。能几番游，看花又是明年。东风且伴蔷薇住，到蔷薇、春已堪怜。更凄然。万绿西泠③，一抹荒烟。

当年燕子知何处，但苔深韦曲④，草暗斜川⑤。见说新愁，如今也到鸥边。无心再续笙歌梦，掩重门、浅醉闲眠。莫开帘，怕见飞花，怕听啼鹃。

【注释】

①接叶：枝叶茂盛，相互掩映。

②断桥：在西湖边，白堤尽头，里湖与外湖之间。

③西泠（líng）：在西湖孤山下。

④韦曲：长安城南，唐朝时为名门贵族居住地。

⑤斜川：在今江西，此处代指文士游览雅集之地。

三一

文文山^①词，风骨甚高，亦有境界，远在圣与^②、叔夏^③、公谨^④诸公之上。亦如明初诚意伯^⑤词，非季迪^⑥、孟载^⑦诸人所敢望也。

【注释】

①文文山：文天祥（1236—1282），字宋瑞，一字履善。号文山。江西吉州庐陵（今江西吉安）人，宋末文学家、抗元名臣。

②圣与：南宋词人王沂孙，字圣与，号碧山、中仙，因家住玉笥山，又号玉笥山人，会稽（今浙江绍兴）人。

③叔夏：张炎。

④公谨：周密。

⑤诚意伯：明刘基（1311—1375），字伯温，青田县南田乡（今属浙江）人，封诚意伯。元末明初文学家，为明朝开国元勋。

⑥季迪：明初高启（1336—1373），字季迪，江苏苏州人，与刘基、宋濂并称"明初诗文三大家"。

⑦孟载：明初文学家杨基（1326—1378），字孟载，号眉庵。原籍嘉州（今四川乐山），"吴中四杰"之一。

三一

文文山[①]词，风骨甚高，亦有境界，远在圣与[②]、叔夏[③]、公谨[④]诸公之上。亦如明初诚意伯[⑤]词，非季迪[⑥]、孟载[⑦]诸人所敢望也。

【注释】

①文文山：文天祥（1236—1282），字宋瑞，一字履善。号文山。江西吉州庐陵（今江西吉安）人，宋末文学家、抗元名臣。

②圣与：南宋词人王沂孙，字圣与，号碧山、中仙，因家住玉笥山，又号玉笥山人，会稽（今浙江绍兴）人。

③叔夏：张炎。

④公谨：周密。

⑤诚意伯：明刘基（1311—1375），字伯温，青田县南田乡（今属浙江）人，封诚意伯。元末明初文学家，为明朝开国元勋。

⑥季迪：明初高启（1336—1373），字季迪，江苏苏州人，与刘基、宋濂并称"明初诗文三大家"。

⑦孟载：明初文学家杨基（1326—1378），字孟载，号眉庵。原籍嘉州（今四川乐山），"吴中四杰"之一。

三二

和凝①《长命女》词："天欲晓。宫漏穿花声缭绕，窗里星光少。　　冷霞寒侵帐额，残月光沉树杪。梦断锦闱空悄悄。强起愁眉小。"此词前半，不减夏英公②《喜迁莺》也。

【注释】

①和凝（898—955）：字成绩，五代词人。

②夏英公：夏竦。

三三

宋《李希声诗话》曰："唐（当作'古'）人作诗，正以风调高古为主，虽意远语疏，皆为佳作。后人有切近的当、气格凡下者，终使人可憎。"①余谓北宋词亦不妨疏远。若梅溪以降，正所谓"切近的当、气格凡下"者也。

【注释】

①见魏庆之《诗人玉屑》。

三四

自竹垞痛贬《草堂诗余》^①而推《绝妙好词》^②，后人群附和之。不知《草堂》虽有亵诨之作，然佳词恒得十之六七。《绝妙好词》则除张、范、辛、刘^③诸家外，十之八九，皆极无聊赖之词。古人云：小好小惭，大好大惭。洵非虚语。

【注释】

①《草堂诗余》：见卷上"五五"则注。

②《绝妙好词》：词总集，南宋周密编。

③张、范、辛、刘：指张孝祥、范成大、辛弃疾、刘过。

三五

梅溪、梦窗、玉田、草窗、西麓诸家，词虽不同，然同失之肤浅。虽时代使然，亦其才分有限也。近人弃周鼎而宝康瓠^①，实难索解。

【注释】

①周鼎：宝器。康瓠（hù）：瓦底盆。

三六

余友沈昕伯（纮）①自巴黎寄余《蝶恋花》一阕云："帘外东风随燕到。春色东来，循我来时道。一霎围场生绿草，归迟却怨春来早。　　锦绣一城春水绕。庭院笙歌，行乐多年少。着意来开孤客抱，不知名字闲花鸟。"此词当在晏氏父子②间，南宋人不能道也。

【注释】

①沈昕伯（纮）：沈纮，字昕伯，王国维就读于东文学社时的同学。

②晏氏父子：指北宋晏殊和晏几道。

三七

"君王枉把平陈业，换得雷塘数亩田。"政治家之言也。"长陵亦是闲丘垄，异日谁知与仲多。"诗人之言也。政治家之眼，域于一人一事。诗人之眼，则通古今而观之。词人观物，须用诗人之眼，不可用政治家之眼。故感事、怀古等作，当与寿词同为词家所禁也。

【引用诗词】

炀帝陵

［唐］罗隐

入郭登桥出郭船，红楼日日柳年年。
君王忍把平陈业①，只博雷塘数亩田。

【注释】

①平陈业：隋炀帝于隋开皇八年率军灭陈。

仲山　高祖兄仲山隐居之所

［唐］唐彦谦

千载遗踪寄薜萝①，沛中②乡里汉山河。
长陵③亦是闲丘垄，异日谁知与仲多。

【注释】

①薜（bì）萝：薜荔与女萝，植物名。

②沛中：今江苏沛县，汉高祖刘邦故乡。

③长陵：汉高祖葬地，位于今陕西咸阳东北。

三八

宋人小说^①，多不足信。如《雪舟脞语》^②谓：台州知府唐仲友眷官伎严蕊奴。朱晦庵系治之。及晦庵移去，提刑岳霖行部至台，蕊乞自便。岳问曰："去将安归？"蕊赋《卜算子》词云"住也如何住"云云。案：此词系仲友戚高宣教作，使蕊歌以侑^③觞者，见朱子《纠唐仲友奏牍》。则《齐东野语》^④所纪朱唐公案，恐亦未可信也。

【注释】

①小说：传说、逸闻之类，不是指专门的文学体裁。

②《雪舟脞（cuǒ）语》：作者邵桂子，字德芳，号玄同，淳安（今属浙江杭州）人，宋咸淳七年（1271）进士。

③侑（yòu）：佐助。

④《齐东野语》：宋周密作，书中多记载宋元之交的朝廷大事，很多可补史籍不足。

【引用诗词】

卜算子

[南宋] 严蕊

不是爱风尘①，似被前缘误。花落花开自有时，总赖东君②主。

去也终须去，住也如何住。若得山花插满头，莫问奴归处。

【注释】

①风尘：古时认为歌女是堕落风尘，因此称为风尘女子。

②东君：司春之神，这里借指地方官员。

三九

《沧浪》《凤兮》二歌，已开《楚辞》体格。然《楚辞》之最工者，推屈原、宋玉①，而后此之王褒②、刘向③之词不与焉。五古之最工者，实推阮嗣宗④、左太冲⑤、郭景纯⑥、陶渊明，而前此曹⑦、刘⑧，后此陈子昂⑨、李太白不与焉。词之最工者，实推后主、正中、永叔、少游、美成，而后此南宋诸公不与焉。

【注释】

①宋玉：战国时楚国文学家。

②王褒：字子渊，西汉文学家，与扬雄并称"渊云"。

③刘向（约前77—前6）：本名更生，字子政，西汉经学家、目录学家、文学家。

④阮嗣宗：阮籍（210—263），字嗣宗，三国魏人。竹林七贤之一，是建安七子之一阮瑀的儿子。

⑤左太冲：左思（约250—约305）字太冲，西晋文学家。其《三都赋》颇被当时称颂，因此"洛阳纸贵"。他自幼其貌不扬，却才华出众。

⑥郭景纯：郭璞（276—324），字景纯，两晋时期文学家、训诂学家，是游仙诗的祖师。

⑦曹：指曹植（192—232），字子建，沛国谯（今安徽亳州）人，曹操第三子。

⑧刘：指刘桢（？—217），字公幹，建安七子之一。博学有才，所作五言诗风格遒劲，语言质朴。

⑨陈子昂（661—702，一说656—695）：字伯玉，初唐诗文革新人物之一。

四〇

唐五代之词，有句而无篇。南宋名家之词，有篇而无句。有篇有句，唯李后主降宋后之作，及永叔、子瞻、少游、美成、稼轩数人而已。

四一

唐五代北宋之词家，倡优也。南宋后之词家，俗子也。二者其失相等。然词人之词，宁失之倡优而不失之俗子。以俗子之可厌较倡优为甚故也。

四二

《蝶恋花》"独倚危楼"一阕，见《六一词》，亦见《乐章集》。余谓：屯田轻薄子，只能道"奶奶兰心蕙性"耳。"衣带渐宽终不悔，为伊消得人憔悴"，此等语固非欧公不能道也。

【引用诗词】

玉女摇仙佩①　佳人

［北宋］柳永

飞琼伴侣②，偶别珠宫③，未返神仙行缀④。取次梳妆⑤，寻常言语，有得许多姝丽。拟把名花比。恐旁人笑我，谈何容易。细思算、奇葩艳卉，惟是深红浅白而已。争如⑥这多情，占得人间，千娇百媚。

须信画堂绣阁，皓月清风，忍把光阴轻弃。自古及今，佳人才子，少得当年⑦双美。且恁相偎倚。未消得⑧、怜⑨我多才多艺。愿奶奶⑩、兰心蕙性，枕前言下，表余深意。为盟誓。今生断不孤⑪鸳被⑫。

【注释】

①玉女摇仙佩：这首作品是一首艳词，故王国维贬其为轻薄子。

②飞琼伴侣：与神仙为侣。

③珠宫：仙人居所。

④行缀：指舞队的行列。

⑤取次梳妆：随意打扮。

⑥争如：怎如。

⑦当年：正值盛年。

⑧未消得：消受不起。

⑨怜：爱。

⑩奶奶：古代称呼女主人。

⑪断不：决不。孤：辜负。

⑫鸳被：鸳鸯被，又称合欢被。

四三

读《会真记》^①者，恶张生之薄幸而恕其奸非。读《水浒传》者，恕宋江之横暴而责其深险。此人人之所同也。故艳词可作，唯万不可作儇薄^②语。龚定庵^③诗云："偶赋凌云偶倦飞，偶然闲慕遂初衣。偶逢锦瑟佳人问，便说寻春为汝归。"其人之凉薄无行，跃然纸墨间。余辈读耆卿^④、伯可^⑤词，亦有此感。视永叔、希文^⑥小词何如耶？

【注释】

① 《会真记》：《莺莺传》，元稹作，唐传奇名作之一。

② 儇（xuān）薄：轻浮。

③ 龚定庵：龚自珍（1792—1841），又名巩祚，字璱人，号定庵，清代思想家、文学家。

④ 耆卿：柳永。

⑤ 伯可：康与之，字伯可，南宋词人。

⑥ 希文：范仲淹（989—1052），字希文，北宋著名思想家、政治家、军事家、文学家。

四四

词人之忠实，不独对人事宜然。即对一草一木，亦须有忠实之意，否则所谓游词也。

四五

读《花间》《尊前集》，令人回想徐陵①《玉台新咏》。读《草堂诗余》，令人回想韦縠②《才调集》。读朱竹垞《词综》，张皋文、董子远③《词选》，令人回想沈德潜④《三朝诗别裁集》。

【注释】

①徐陵（507—583）：字孝穆，南朝梁陈间文学家。他曾选编诗歌总集《玉台新咏》。

②韦縠：五代前蜀文学家。编选《才调集》，所选为唐代各时期诗歌，偏重情爱，风格浓艳香软。

③董子远：董毅，张惠言外孙。继张氏《词选》，编成《续词选》。

④沈德潜（1673—1769）：字确士，号归愚，清代文学家。他编选的《三朝诗别裁集》，即《唐诗别裁集》《明诗别裁集》《清诗别裁集》。他主张"温柔敦厚"的"诗教"，反对淫靡诗风。

四六

明季国初诸老①之论词，大似袁简斋②之论诗，其失也纤小而轻薄。竹垞以降之论词者③，大似沈归愚，其失也枯槁而庸陋。

【注释】

①明季国初诸老：指陈子龙、李雯、宋徵舆、邹祗谟、彭
孙遹、贺裳、朱彝尊等人。

②袁简斋：袁枚（1716—1797），字子才，号简斋，晚年自
号仓山居士、随园主人、随园老人。清代文学家。

③竹垞以降之论词者：指张惠言、周济、谭献等人。

四七

东坡之旷在神，白石之旷在貌。白石如王衍，口不言阿
堵物①，而暗中为营三窟之计②，此其所以可鄙也。

【注释】

①阿堵物：钱的代称。出自刘义庆《世说新语》。

②三窟之计：出自《战国策·齐策》。

四八

"纷吾既有此内美兮，又重之以修能。"①文学之事，
于此二者不可缺一。然词乃抒情之作，故尤重内美。无内
美②而但有修能，则白石耳。

　　①"纷吾"两句：出自屈原《离骚》。

　　②内美：指诗人高尚的人格。

【引用诗词】

离骚

[战国] 屈原

　　帝高阳之苗裔兮①，朕皇考②曰伯庸。摄提贞于孟陬③兮，惟庚寅吾以降④。皇览揆⑤余初度兮，肇锡⑥余以嘉名。名余曰正则兮，字余曰灵均。纷吾既有此内美兮，又重之以修能⑦。扈江离与辟芷⑧兮，纫秋兰以为佩。汨⑨余若将不及兮，恐年岁之不吾与。朝搴阰之木兰⑩兮，夕揽洲之宿莽⑪。日月忽其不淹⑫兮，春与秋其代序。惟⑬草木之零落兮，恐美人之迟暮。不抚壮而弃秽⑭兮，何不改此度？乘骐骥⑮以驰骋兮，来吾道夫先路⑯。

【注释】

　　①高阳：颛顼有天下，号高阳。苗裔（yì）：后代。兮：语气词，楚地方言。

②朕（zhèn）：上古时，称呼自己为朕。皇考：对亡父的尊称。

③摄提：岁星在寅为摄提格。孟陬（zōu）：夏历正月。

④寅吾：屈原出生日。降：诞生。

⑤揆（kuí）：度量。

⑥肇：开端。锡：同"赐"。

⑦重（chóng）：加上。修能：能，同"态"，修饰美好的仪表。

⑧扈（hù）：披。江离：蘼芜，一种香草。辟芷：幽香的芷草。

⑨汨：快速行走。

⑩搴（qiān）：拔起。阰（pí）：山。木兰：香木名。

⑪揽：采。宿莽：经冬不死之草。

⑫忽：迅速。淹：停留。

⑬惟：思。

⑭抚：凭借。秽：小人，或污秽的行为。

⑮骐骥（qí jì）：骏马。

⑯来：召唤。道：同"导"，引导。先路：先王之路。

昔三后之纯粹兮，固众芳之所在。杂申椒①与菌桂②兮，岂维③纫夫蕙茝④！彼尧舜之耿介兮，既遵道⑤而得路⑥。何桀纣之猖披⑦兮，夫唯捷径⑧以窘⑨步。惟夫党人⑩之偷乐兮，路幽昧⑪以险隘。岂余身之惮⑫殃兮，恐皇舆⑬之败绩⑭。忽奔走以先后兮，及前王之踵武⑮。荃⑯不察余之中情⑰兮，反信谗而齌怒⑱。余固知謇謇⑲之为患⑳兮，忍而不能舍也。指九天以为正㉑兮，夫唯灵修㉒之故也。曰黄昏以为期兮，羌中道而改路。初既与余成言兮，后悔遁而有他。余既不难㉓夫离别兮，伤灵修之数㉔化。

【注释】

①杂：夹杂，间有。申椒：生得重累的花椒。

②菌桂：像竹子一样圆的桂树。

③维：只。

④蕙茞：香草名。

⑤遵道：遵循正途。

⑥得路：修得大道。

⑦猖披：不修边幅，比喻其人狂妄。

⑧捷径：便捷的小路，这里比喻贪图便捷的不正之路。

⑨窘：困窘。

⑩党人：朋党。

⑪幽昧：晦暗不明。

⑫惮：恐惧。

⑬皇舆：指政权。

⑭败绩：失利。

⑮踵（zhǒng）武：足迹。

⑯荃（quán）：香草，比喻君王。

⑰中情：赤诚的内心。

⑱齌（jì）怒：暴怒。

⑲謇（jiǎn）謇：直言的样子。

⑳患：害处。

㉑正：同"证"，验证。

㉒灵修：通神明的人，此处指楚怀王。

㉓难：畏惧。

㉔数（shuò）：屡次。

余既滋兰之九畹①兮，又树蕙②之百亩。畦留夷与揭车③兮，杂杜衡与芳芷④。冀枝叶之峻茂兮，愿俟时乎吾将刈⑤。虽萎绝其亦何伤兮，哀众芳之芜秽⑥。众皆竞进以贪婪兮，凭⑦不厌乎求索。羌内恕己以量人⑧兮，各兴心而嫉妒。忽驰骛⑨以追逐兮，非余心之所急。老冉冉其将至兮，恐修名之不立。朝饮木兰之坠露兮，夕餐秋菊之落英。苟余情其信姱以练要⑩兮，长颔颔⑪亦何伤。擥木根⑫以结茝兮，贯薜荔⑬之落蕊。矫菌桂⑭以纫蕙兮，索胡绳之纚纚⑮。謇吾法夫前修⑯兮，非世俗之所服。虽不周⑰于今之人兮，愿依彭咸之遗则。

【注释】

①滋：种植。九畹（wǎn）：言其多。

②树：栽种。蕙：香草，俗称佩兰。

③畦：田垄。留夷、揭车：皆香草名。

④杜蘅：香草名。芳芷：白芷。

⑤俟：等待。刈（yì）：收割。

⑥芜秽（huì）：荒芜。

⑦凭：满足。

⑧羌：楚人发语词，表反问和转折的语气。恕己以量人：以自己之心来忖度他人。

⑨驰骛（wù）：奔驰。

⑩苟：假如。信姱（kuā）：真正美好。练要：精诚专一。

⑪顑颔（kǎn hàn）：因吃不饱而面黄肌瘦的样子。

⑫擥（lǎn）：同"揽"，采摘。木根：兰槐之根。

⑬贯：贯穿。薜（bì）荔：一种蔓生香草。

⑭菌桂：香草。

⑮索：搓为绳。胡绳：结缕，一种香草。纚（xǐ）纚：长而下垂貌。

⑯謇（jiǎn）：楚地方言，发语词。法：效法。前修：前代贤人。

⑰周：调和。

长太息以掩涕兮，哀民生之多艰。余虽好修姱以鞿羁^①兮，謇朝谇而夕替^②。既替余以蕙纕^③兮，又申之以揽茝。亦余心之所善兮，虽九死其犹未悔。怨灵修之浩荡兮，终不察夫民心。众女嫉余之蛾眉兮，谣诼谓余以善淫。固时俗之工巧兮，偭规矩而改错^④。背绳墨以追曲兮，竞周容以为度。忳郁邑余侘傺^⑤兮，吾独穷困乎此时也。宁溘死^⑥以流亡兮，余不忍为此态也。鸷鸟^⑦之不群兮，自前世而固然。何方圜之能周兮，夫孰异道而相安？屈心而抑志兮，忍尤而攘诟^⑧。伏清白以死直兮，固前圣之所厚。

【注释】

①虽：通"唯"。修姱：喻美德。鞿（jī）羁：马缰绳和络头，比喻束缚。

②谇（suì）：谏。替：废弃。

③纕（xiāng）：佩带。

④偭（miǎn）：违背。错：通"措"。

⑤忳（tún）：忧郁。郁邑：忧愤郁结。侘傺（chà chì）：精神恍惚。

⑥溘（kè）死：忽然死去。

⑦鸷（zhì）鸟：凶猛的鸟。

⑧忍尤：容忍罪过。攘诟：容忍耻辱。

悔相①道之不察兮，延伫乎吾将反②。回朕车以复路兮，及行迷之未远。步余马于兰皋③兮，驰椒丘且焉④止息。进不入以离⑤尤兮，退将复修吾初服⑥。制芰荷以为衣⑦兮，集芙蓉以为裳。不吾知其亦已⑧兮，苟余情其信⑨芳。高余冠之岌岌⑩兮，长余佩之陆离⑪。芳与泽其杂糅⑫兮，唯昭质其犹未亏⑬。忽反顾以游目⑭兮，将往观乎四荒。佩缤纷其繁饰兮，芳菲菲其弥章⑮。民生各有所乐兮，余独好修以为常。虽体解⑯吾犹未变兮，岂余心之可惩⑰！

【注释】

①相（xiàng）：察看。

②延伫：长久站立。反：同"返"。

③兰皋：生有兰草的水边高地。皋，水边高地。

④椒丘：长有椒树的山丘。焉：于此。

⑤进：指进入朝廷。不入：不被任用。离：通"罹"，遭受。

⑥初服：以前的服饰。这里指最初的志趣。

⑦芰荷：菱叶与荷叶。衣：古时上衣为衣，下衣为裳。

⑧已：罢了，算了。

⑨苟：只要。信：确实。

⑩岌（jí）岌：高耸的样子。

⑪陆离：形容色彩光亮。

⑫杂糅（róu）：混杂。

⑬昭质：清白的本质。未亏：未损。

⑭游目：举目远望。

⑮菲菲：香气浓郁。弥章：更加显著。章，同"彰"。

⑯体解：肢解。古代酷刑。

⑰惩：惩戒。

　　女嬃之婵媛①兮，申申其詈②予。曰鲧婞直以亡身③兮，终然殀乎羽④之野。汝何博謇而好修兮，纷独有此姱节⑤。薋菉葹⑥以盈室兮，判独离而不服⑦。众不可户⑧说兮，孰云察余之中情？世并举⑨而好朋兮，夫何茕独⑩而不予听。依前圣以节中⑪兮，喟凭心而历兹⑫。济沅湘以南征兮，就重华⑬而陈词。启⑭九辩与九歌兮，夏康娱⑮以自纵。不顾难以图后⑯兮，五子用失乎家巷⑰。羿淫游以佚畋⑱兮，又好射夫封狐⑲。固乱流其鲜终⑳兮，浞又贪夫厥家㉑。浇身被服强圉㉒兮，纵欲而不忍。日康娱而自忘兮，厥首用夫颠陨㉓。夏桀之常违兮，乃遂焉㉔而逢殃。后辛之菹醢㉕兮，殷宗㉖用而不长。汤禹俨而祗⑰敬兮，周论道而莫差㉘。举贤而授能兮，循绳墨而不颇㉙。皇天无私阿㉚兮，览民德焉错辅㉛。夫维圣哲以茂行㉜兮，苟得用此下土㉝。瞻前而顾后兮，相观民之计极㉞。夫孰非义而可用兮，孰非善而可服。阽余身而危死^㉟兮，览余初其犹未悔。不量凿而正枘^㊱兮，固前修以菹醢。曾歔欷余郁邑^㊲兮，哀朕时之不当^㊳。揽茹^㊴蕙以掩涕兮，沾余襟之浪浪^㊵。

【注释】

①女媭（xū）：关于此有几种解释，一说是屈原之姐，一说是屈原之姐，一说是女巫，一说是侍女，一说是妾，这里喻党人。婵媛：情丝牵萦。

②申申：反复。詈（lì）：责骂。

③鲧（gǔn）：人名，传说是大禹的父亲。婞（xìng）直：倔强刚直。亡身：亡同"忘"，忘身之意。

④殀（yāo）：早夭，不得善终之意。羽：地名，羽山。

⑤纷：美盛。姱节：美好的节操。

⑥赍（cí）：积聚。菉葹（lù shī）：草名，恶草。

⑦判：判断。服：佩带。

⑧户：挨家挨户。

⑨并举：互相吹捧。

⑩茕（qióng）独：孤独。

⑪节中：适中，不偏不倚。

⑫喟：感叹。凭：愤懑。兹：此。

⑬重华：舜。

⑭启：大禹的儿子。

⑮夏：指启。康娱：欢娱。

⑯不顾难：不顾以后艰难。图后：为未来谋划。

⑰五子：启的儿子武观。用失乎："用乎"，"失"字似为衍文。家巷：内讧。

⑱羿：有穷国国主，善射。淫、佚：皆过分之意。畋：打猎。

⑲封狐：大狐狸。

⑳乱流：淫乱之辈。鲜终：很少好结局。

㉑浞：寒浞，羿宠信的臣子。厥：其。家：家室。传说羿沉迷游猎，不理国政，寒浞专权，令家臣逄蒙射杀了羿，占了羿的妻子，生浇（ào）和豷（yì）。

㉒浇：寒浞的儿子。被服：穿戴，引申为身上具有。被，同"披"。强圉（yǔ）：强壮力大。

㉓颠陨：陨落。

㉔遂焉：于是才这样。

㉕后辛：殷纣王，名辛。菹醢（zū hǎi）：一种酷刑，把人剁成肉酱。

㉖殷宗：殷朝宗祀。

㉗汤禹：商汤、夏禹。俨：严肃庄重。祗（zhī）：恭敬。

㉘周：指周文王、武王。论道：谈论治国之道。莫差：没有差错。

㉙循：遵循。绳墨：指规矩。颇：偏颇。

㉚私阿（ē）：偏爱，曲意庇护。

㉛民德：指得了天下的君主。错辅：安排辅助。错，同"措"。

㉜维：通"唯"，只有。茂行：美行且多。

㉝苟：才能。得用：享用，拥有。下土：天下。

㉞相观：观察。计：衡量。极：标准。

㉟阽（diàn）：接近危险。危死：几乎遇难。

㊱凿：安柄的孔。枘（ruì）：木柄。

㊲曾：同"增"，屡次。嘘唏：抽搭，哭泣声。郁邑："郁悒"，忧愁。

㊳时之不当：生不逢时。

㊴茹：柔软。

㊵浪浪：水流不止。此处指泪水不断。

　　跪敷衽①以陈辞兮，耿吾既得此中正②。驷玉虬以乘鹥③兮，溘埃风④余上征。朝发轫于苍梧⑤兮，夕余至乎县圃⑥。欲少留此灵琐⑦兮，日忽忽其将暮。吾令羲和弭节⑧兮，望崦嵫而勿迫⑨。路曼曼⑩其修远兮，吾将上下而求索。饮余马于咸池⑪兮，总余辔乎扶桑⑫。折若木⑬以拂日兮，聊逍遥以相羊⑭。前望舒⑮使先驱兮，后飞廉使奔属⑯。鸾皇为余先戒⑰兮，雷师告余以未具⑱。吾令凤乌飞腾兮，继之以日夜。飘风屯其相离⑲兮，帅云霓⑳而来御。纷总总其离合㉑兮，斑陆离㉒其上下。吾令帝阍开关㉓兮，倚阊阖㉔而望予。时暧暧其将罢㉕兮，结幽兰而延伫。世溷浊㉖而不分兮，好蔽美而嫉妒。

【注释】

①敷：铺开。衽（rèn）：衣服前襟。

②耿：明亮。中正：不偏不倚的正道。

③驷：本指四马驾车，这里用作动词，指驾驭。玉虬：传说中无角的龙。鹥（yì）：传说中凤凰一类的神鸟。

④溘（kè）：掩盖。埃风：卷起尘埃的大风。

⑤发轫（rèn）：出发。苍梧：九嶷（yí）山，舜死时葬于此。

⑥县（xuán）圃：神话中的山名，在昆仑山顶。

⑦灵琐：神灵居住处的门。

⑧羲和：神话中的人物，太阳的驾车人。弭节：停车不进。

⑨崦嵫（yān zī）：神话中的山，日落的地方。迫：迫近。

⑩曼曼：同"漫漫"，遥远。

⑪咸池：神话中日浴之处。

⑫总：系。辔：驾驭马的缰绳。扶桑：神话中的树名。指日出处。

⑬若木：古代神话中的树名，一说就是扶桑。

⑭相羊：徘徊。

⑮望舒：神话中为月驾车的神。

⑯飞廉：风神。奔属：奔跑跟随。

⑰鸾皇：瑞鸟名。先戒：先行警戒。

⑱雷师：雷神。未具：行装没有准备好。

⑲飘风：暴风。屯：聚集。相离：附丽。

⑳帅：率领。霓：虹的一种，又称副虹。

㉑总总：聚集一处。离合：忽聚忽散。

㉒斑：斑斓。陆离：五光十色。

㉓帝阍（hūn）：替天帝看守大门的神。阍，守门人。开关：
门栓。引申为门。

㉔阊阖（chāng hé）：天门。

㉕时：时光。暧（ài）暧：昏暗的样子。罢：尽。

㉖溷（hùn）浊：肮脏。

朝吾将济于白水①兮，登阆风而绁②马。忽反顾以流
涕兮，哀高丘③之无女。溘吾游此春宫④兮，折琼枝以继
佩⑤。及荣华之未落兮，相下女之可诒⑥。吾令丰隆⑦
乘云兮，求宓妃⑧之所在。解佩纕以结言⑨兮，吾令蹇修
以为理⑩。纷总总其离合兮，忽纬𫟪其难迁⑪。夕归次于穷
石⑫兮，朝濯发乎洧盘⑬。保厥⑭美以骄傲兮，日康娱以淫
游。虽信美而无礼兮，来违弃而改求⑮。览相观于四极兮，
周流乎天余乃下。望瑶台之偃蹇⑯兮，见有娀之佚女⑰。

吾令鸩^⑱为媒兮，鸩告余以不好。雄鸩之鸣逝兮，余犹恶其佻巧^⑲。心犹豫而狐疑兮，欲自适^⑳而不可。凤皇^㉑既受诒兮，恐高辛之先我^㉒。欲远集^㉓而无所止兮，聊浮游以逍遥。及少康之未家^㉔兮，留有虞之二姚^㉕。理弱而媒拙兮，恐导言之不固^㉖。世溷浊而嫉贤兮，好蔽美而称恶。闺中既以邃^㉗远兮，哲王又不寤^㉘。怀朕情而不发兮，余焉能忍与此终古^㉙！

【注释】

①白水：神话中水名，源出昆仑山，饮后不死。

②阆（làng）风：神话中的山名，在昆仑山上。绁（xiè）：系。

③高丘：山名，在巫山附近。

④春宫：东方青帝所居之处，青帝主春天。

⑤琼枝：玉树枝。继佩：增加佩饰。

⑥下女：下界美女。诒：同"贻"，赠送。

⑦丰隆：雷神，一说云神。

⑧宓（fú）妃：相传为伏羲氏之女，溺死于洛水，后成为洛水女神。

⑨佩纕（xiāng）：佩带。结言：订盟约。

⑩蹇修：诗人虚拟的人物。理：提亲人。

⑪纬繣（huà）：乖戾，不相合。难迁：很难迁就。

⑫次：停留。穷石：神话中的山名，相传为后羿所居。

⑬濯：洗涤。洧（wěi）盘：神话中水名，源于崦嵫山。

⑭保厥：依仗。

⑮来：招呼。违弃：离弃。改求：另求其他女子。

⑯瑶台：以美玉砌成的楼台。偃蹇：高耸貌。

⑰有娀（sōng）：传说中的一个部落。佚女：美女。

⑱鸩（zhèn）：鸟名，羽有毒，置于酒中，能致人命。

⑲佻（tiāo）巧：轻薄，轻佻。

⑳自适：自己前往。

㉑凤皇：指玄鸟。

㉒高辛：高辛氏，即帝喾。先我：在我之前。

㉓远集：到远方去栖息。

㉔少康：夏的中兴国君。家：用作动词，成家。

㉕有虞：传说中上古国名，舜的后裔，姚姓。二姚：有虞国的两个女儿。

㉖导言：媒人为双方传话。不固：不牢靠。

㉗邃：深远。这里比喻不可接近。

㉘哲王：明君，这里指楚怀王。寤：同"悟"，觉醒。

㉙终古：永远。

索藑茅以筳篿①兮，命灵氛②为余占之。曰两美③其必合兮，孰信修而慕之？思九州之博大兮，岂唯是其有女？曰勉远逝而无狐疑兮，孰求美而释女？何所独无芳草兮，尔何怀乎故宇④？世幽昧以眩曜⑤兮，孰云察余之善恶？民好恶其不同兮，惟此党人其独异。户服艾以盈要⑥兮，谓幽兰其不可佩。览察草木其犹未得兮，岂珵美之能当⑦？苏粪壤以充帏⑧兮，谓申椒其不芳。欲从灵氛之吉占兮，心犹豫而狐疑。巫咸⑨将夕降兮，怀椒糈而要⑩之。百神翳其备降⑪兮，九疑⑫缤其并迎。皇剡剡其扬灵⑬兮，告余以吉故。曰勉升降以上下兮，求矩矱⑭之所同。汤禹严而求合⑮兮，挚咎繇而能调⑯。苟中情其好修兮，又何必用夫行媒⑰？说操筑于傅岩⑱兮，武丁⑲用而不疑。吕望之鼓刀⑳兮，遭周文㉑而得举。宁戚㉒之讴歌兮，齐桓闻以该㉓辅。及年岁之未晏㉔兮，时亦犹其未央。恐鹈鴂之先鸣兮，使夫百草为之不芳。何琼佩㉕之偃蹇兮，众薆㉖然而蔽之。惟此党人之不谅兮，恐嫉妒而折之。时缤纷㉗其变易兮，又何可以淹留。兰芷变而不芳兮，荃蕙化而为茅㉘。何昔日之草兮，今直为此萧艾㉙也。岂其有他故兮，莫好修之害也。余以兰㉚为可恃兮，羌无实而容长㉛。委厥美以从俗兮，苟得列乎众芳。椒专佞以慢慆㉜兮，樧㉝又欲充夫佩帏。既干进而务入㉞兮，又何芳之能祗㉟？固时俗之流从兮，又孰能无变化？览椒兰其若兹兮，又况揭车与江离㊱。惟兹佩之可贵兮，委厥美而历兹㊲。芳菲菲而难亏㊳兮，芬至今犹未沫㊴。和调度㊵以自娱兮，聊浮游而求女。及余饰之方壮⁴¹分，周流观乎上下。

【注释】

①索：拿。藑（qióng）茅：灵草名。筳（tíng）：小竹片。篿（zhuān）：用草和竹片占卜。

②灵氛：这里指卜师之名。

③两美：指明君贤臣两相美好。

④故宇：这里指楚国。

⑤幽昧：幽暗。眩曜：眼花缭乱。

⑥艾：白蒿。盈：满。要：古"腰"字。

⑦珵（chéng）：美玉。当：得宜。

⑧苏：拾取。粪壤：粪土。充：装满。帏：香囊。

⑨巫咸：屈原虚拟的巫师名。

⑩椒糈（xǔ）：精米。要：同"邀"，祈求迎接。

⑪翳（yì）：华盖。此处用作动词，遮蔽意。备降：降临。

⑫九疑：九嶷山，在今湖南省。

⑬皇：大。剡（yǎn）剡：光华四溢。扬灵：显扬神灵。

⑭矩矱（yuē）：规矩。

⑮严：同"俨"，庄严。求合：祈求志同道合的人才。

⑯挚：商汤名臣伊尹。咎繇（gāo yáo）：舜臣，又作皋陶。调：调和协调。

⑰媒：这里指将自己的意思通达给国君的人。

⑱说（yuè）：傅说，殷高宗时贤臣。操：持。筑：打墙捣土用的木杵。傅岩：地名，在今山西平陆东。

⑲武丁：殷高宗名。

⑳吕望：太公姜尚。鼓刀：摆弄屠刀发出的声音。

㉑周文：周文王姬昌。

㉒宁戚：春秋卫国人。

㉓齐桓：齐桓公。该：备。

㉔晏：晚。

㉕琼佩：玉佩。

㉖众：指党人。薆（ài）：遮蔽。

㉗缤纷：这里指时世纷乱混浊。

㉘茅：茅草。这里指奸佞小人。

㉙直：竟然。萧艾：贱草，这里指奸佞小人。

㉚兰：指子兰，怀王少弟。一说没有实指，只是指变节之人。

㉛无实：徒有其表。容长：外貌美好。

㉜慢慆（tāo）：怠惰佚乐。

㉝楺（shā）：一类恶草。

㉞干进、务入：专营求进。

㉟祇：尊敬。

㊱揭车与江离：比喻贤才之变节者。

㊲委：丢弃。历兹：到这个地步。

㊳亏：亏损。

㊴沬：香气消散。

㊵调度：格调和法度。

㊶饰：佩饰。这里比喻年岁。方壮：正值壮年。

灵氛既告余以吉占兮，历吉日乎吾将行。折琼枝以为羞①兮，精琼爢以为粻②。为余驾飞龙兮，杂瑶象③以为车。何离心之可同兮，吾将远逝以自疏④。遭吾道夫昆仑⑤兮，路修远以周流。扬云霓之晻蔼⑥兮，鸣玉鸾之啾啾⑦。朝发轫于天津⑧兮，夕余至乎西极⑨。凤皇翼其承旂⑩兮，高翱翔之翼翼。忽吾行此流沙兮，遵赤水而容与⑪。麾蛟龙使梁津⑫兮，诏西皇⑬使涉予。路修远以多艰兮，腾众车使径侍⑭。路不周以左转兮，指西海⑮以为期。屯余车其千乘⑯兮，齐玉轪⑰而并驰。驾八龙之婉婉⑱兮，载云旗之委蛇⑲。抑志而弭节⑳兮，神高驰之邈邈㉑。奏九歌而舞韶㉒兮，聊假日以媮㉓乐。陟升皇之赫戏㉔兮，忽临睨夫旧乡㉕。仆夫悲余马怀兮，蜷局㉖顾而不行。

乱㉗曰：已矣哉！国无人莫我知兮，又何怀乎故都？既莫足与为美政㉘兮，吾将从彭咸之所居。

【注释】

①羞：同"馐"，佳肴。

②精：精细地制作。琼糜（mí）：玉屑。粻（zhāng）：干粮。

③瑶象：珠玉象牙。

④自疏：自我远离。这里指离开楚国。

⑤邅（zhān）：调转。昆仑：传说中的山名。

⑥晻（yǎn）蔼：遮天蔽日。

⑦玉鸾：玉铃，用玉制作，形如鸾鸟。啾（jiū）啾：铃声。

⑧天津：天河渡口。

⑨西极：辽远西疆，传为日落之处。

⑩翼：形容凤旗庄重的样子。承旂（qí）：指凤旗与龙旗随风飘扬，交相掩映。承，相连。

⑪遵：沿着。赤水：神话中的水名，出自昆仑山。容与：从容不迫。

⑫麾：指挥。梁：桥梁。

⑬诏：命令。西皇：西方尊神。

⑭腾：传言。径侍：径直伺候。

⑮西海：传说中西部大湖名。

⑯屯：聚集。乘（shèng）：四马驾一车。

⑰玉轪（dài）：指车轮。

⑱婉婉：曲折蜿蜒。

⑲载：插在车上。云旗：前面的云霓。委蛇（yí）：迎风舒展貌。

⑳抑志：安定心志。弭（mǐ）节：停车。

㉑邈邈：高远。

㉒九歌：上古乐曲名。韶：相传为夏启的乐舞。

㉓假日：假借时日。媮：同"愉"。

㉔陟（zhì）：登高。赫戏：辉煌隆盛。

㉕睨（nì）：斜视。旧乡：指楚国。

㉖蜷（quán）局：徘徊不前。

㉗乱：楚辞篇末结束全篇的用语。

㉘美政：诗人心中理想的政治。

四九

诗人视一切外物，皆游戏之材料也。然其游戏，则以热心为之。故诙谐与严重二性质，亦不可缺一也。

《人间词话》附录

一

蕙风词①小令似叔原，长调亦在清真、梅溪间，而沉痛过之。彊村虽富丽精工，犹逊其真挚也。天以百凶成就一词人，果何为哉！

【注释】

①蕙风词：况周颐（号蕙风）所作词集。况周颐（1859—1926），晚清词人，字夔笙，一字揆孙，别号玉梅词人、玉梅词隐，晚号蕙风词隐，有《蕙风词》《蕙风词话》。

二

蕙风《洞仙歌·秋日独游某氏园》及《苏武慢·寒夜闻角》二阕，境似清真，集中他作，不能过之。

【引用诗词】

洞仙歌　秋日独游某氏园

［清］况周颐

一晌①闲缘借。便意行散缓，消愁聊且。有花迎径曲，鸟呼林罅②。秋光取次披图画。恣③远眺、登临台与榭。堪潇洒。奈脉断征鸿，幽恨翻萦惹。

忍把。鬓丝影里，袖泪寒边，露草烟芜，付与杜牧狂吟，误作少年游冶。残蝉肯共伤心语。问几见、斜阳疏柳挂。谁慰藉。到重阳，插菊携萸④事真假。酒更贳⑤。更有约东篱下。怕蹉跎霜讯，梦沉人悄西风乍。

【注释】

①一晌：形容时间很短。

②罅（xià）：缝隙。

③恣：无拘束，随意。

④插菊携萸：重阳节的习俗，喝菊花酒、簪菊花、插茱萸、登高。

⑤贳（shì）：宽纵。

苏武慢　寒夜闻角

[清] 况周颐

愁入云遥，寒禁霜重，红烛泪深人倦。情高转抑，思往难回，凄咽不成清变。风际断时，迢递①天街，但闻更点。枉教人回首，少年丝竹，玉容歌管。

凭作出、百绪凄凉，凄凉惟有，花冷月闲庭院。珠帘绣幕，可有人听，听也可曾肠断。除却塞鸿，遮莫城乌，替人惊惯。料南枝明日，应减红香一半。

【注释】

①迢递：遥远高峻。

以上录自王国维《蕙风琴趣评语》。

三

彊村词，余最赏其《浣溪沙》（独鸟冲波去意闲）二阕，笔力峭拔，非他词可能过之。

【引用诗词】

浣溪沙

［清］朱孝臧

其一

独鸟冲波去意闲，环霞如赭①水如笺。为谁无尽写江天。

并舫风弦弹月上，当窗山髻挽云还。独经行地未荒寒。

其二

翠阜②红崖夹岸迎，阻风滋味暂时生。水窗官烛泪纵横。

禅悦新耽如有会，酒悲突起总无名。长川孤月向谁明。

【注释】

①赭（zhě）：红褐色。

②阜（fù）：土山。

四

蕙风听歌诸作，自以《满路花》为最佳。至题香南雅集图诸词，殊觉泛泛，无一言道着。

【引用诗词】

满路花

[清] 况周颐

彊村有听歌之约，词以坚之。

虫边安枕簟，雁外梦山河。不成双泪落，为闻歌。

浮生何益，尽意付消磨。见说寰中^①秀，曼睩^②修蛾。旧家风度无过。

凤城丝管，回首惜铜驼^③。看花余老眼，重摩挲。香尘人海，唱彻定风波^④。点鬓霜如雨，未比愁多。问天还问嫦娥。

【注释】

①寰（huán）中：天下。

②曼睩（lù）：明眸善睐，目光明媚。

③铜驼：铜铸的骆驼。多置于宫门寝殿之前。

④定风波：词牌名。

以上录自《丙寅日记》所记王国维论学语。

五

（皇甫松）词，黄叔旸^①称其《摘得新》二首，为有达观之见。余谓不若《忆江南》二阕，情味深长，在乐天、梦得上也。

【注释】

①黄叔旸（yáng）：南宋词人黄昇，字叔旸，号玉林。

摘得新

［唐］皇甫松

其一

酌一卮①。须教玉笛吹。锦筵②红蜡烛，莫来迟。繁红一夜经风雨，是空枝。

其二

摘得新。枝枝叶叶春。管弦兼美酒，最关人。平生都得几十度，展香茵③。

【注释】

①卮：古代盛酒的器皿。此处代指酒。

②锦筵：丰盛的筵席。

③香茵：精美的坐垫。

忆江南

［唐］皇甫松

其一

兰烬①落，屏上暗红蕉。闲梦江南梅熟日，夜船吹笛雨潇潇②。人语驿边桥。

其二

楼上寝，残月下帘旌。梦见秣陵③惆怅事，桃花柳絮满江城。双髻坐吹笙。

【注释】

①兰烬：蜡烛的灰烬。因状似兰心，故称。

②潇潇：形容雨声。

③秣（mò）陵：今南京。

六

端己词情深语秀，虽规模不及后主、正中，要在飞卿之上。观昔人颜谢优劣论可知矣。

七

（毛文锡）词比牛、薛①诸人殊为不及。叶梦得②谓："文锡词以质直为情致，殊不知流于率露。诸人评庸陋词者，必曰：此仿毛文锡③之《赞成功》而不及者。"其言是也。

【注释】

①牛、薛：牛指牛峤。薛指薛昭蕴，唐末官侍郎，词人。

②叶梦得（1077—1148）：字少蕴，号石林居士，南宋文学家。

③毛文锡：字平珪，五代前蜀词人。

【引用诗词】

赞成功

［五代前蜀］毛文锡

海棠未坼①，万点深红。香包绒结一重重。似含羞态，邀勒春风。蜂来蝶去，任绕芳丛。

昨夜微雨，飘洒庭中，忽闻声滴井边桐。美人惊起，坐听晨钟。快教折取，戴玉珑璁②。

【注释】

①未坼（chè）：坼，裂开。这里指海棠还未绽放。

②珑璁（lóng cōng）：头发蓬松的样子。

八

（魏承班①）词逊于薛昭蕴、牛峤，而高于毛文锡，然皆不如王衍②。五代词以帝王为最工，岂不以无意于求工欤？

【注释】

①魏承班：五代前蜀词人。

②王衍：五代前蜀皇帝。

九

（顾）夐词在牛给事、毛司徒①间。《浣溪沙》（春色迷人）一阕，亦见《阳春录》。与《河传》《诉衷情》数阕，当为夐最佳之作矣。

【注释】

①牛给事、毛司徒：指牛峤、毛文锡。

【引用诗词】

浣溪沙

[五代前蜀] 顾夐

春色迷人恨正赊，可堪荡子不还家。细风轻露着梨花。

帘外有情双燕飐，槛前无力绿杨斜。小屏狂梦极天涯。

河传

[五代前蜀] 顾夐

其一

燕飐，晴景。小窗屏暖，鸳鸯交颈。菱花掩却翠鬟欹，慵整。海棠帘外影。

绣帏香断金鸂鶒①，无消息，心事空相忆。倚东风，春正浓。愁红，泪痕衣上重。

其二

曲槛，春晚。碧流纹细，绿杨丝软。露花鲜□杏枝繁，莺啭。野芜平似剪。

直是人间到天上，堪游赏，醉眼疑屏幛。对池塘，惜韶光。断肠，为花须尽狂。

其三

棹举，舟去。波光渺渺，不知何处。岸花汀草共依依，雨微。鸂鶒相逐飞。

天涯离恨江声咽，啼猿切，此意向谁说。舣兰桡②，
独无憀。魂销，小炉香欲焦。

【注释】

①鸂鶒 (xī chì)：水鸟名。形大于鸳鸯，而多紫色，好并
游。俗称紫鸳鸯。

②兰桡：桨的美称，代指小船。

诉衷情

［五代前蜀］顾敻

香灭帘垂春漏永，整鸳衾。罗带重。双凤。缕黄
金。窗外月光临。沉沉。断肠无处寻。负春心。

一〇

（毛熙震）周密《齐东野语》称其词"新警而不为儇
薄"。余尤爱其《后庭花》，不独意胜，即以调论，亦有隽
上清越之致，视文锡蔑如也。

【引用诗词】

后庭花

［五代后蜀］毛熙震

其一

莺啼燕语芳菲节，瑞庭花发。昔时欢宴歌声揭，管弦清越。

自从陵谷追游歇，画梁尘黦①。伤心一片如珪月②，闲锁宫阙。

其二

轻盈舞伎含芳艳，竞妆新脸。步摇珠翠修蛾敛，腻鬟云染。

歌声慢发开檀点③，绣衫斜掩。时将纤手匀红脸，笑拈金靥。

其三

越罗④小袖新香蒨，薄笼金钏⑤。倚栏无语摇金扇，半遮匀面。

春残日暖莺娇懒，满庭花片。争不教人长相见，画堂深院。

【注释】

①黦（yuè）：黄黑色。

②娃月：未圆的秋月。

③檀点：指浅红色的脂粉痕。

④越罗：越地所产丝织品，以轻柔精致著称。

⑤金钏（chuàn）：束于臂腕间的金圆环。

一一

（阎选[①]）词唯《临江仙》第二首有轩翥[②]之意，余尚未足与于作者也。

【注释】

①阎选：五代蜀词人。

②轩翥（xuān zhù）：飞举。

【引用诗词】

临江仙

[五代后蜀]阎选

十二高峰天外寒。竹梢轻拂仙坛。宝衣行雨在云端。画帘深殿，香雾冷风残。

欲问楚王何处去，翠屏犹掩金鸾。猿啼明月照空
滩。孤舟行客，惊梦亦艰难。

一二

昔沈文悫①深赏（张）泌②"绿杨花扑一溪烟"为晚唐
名句。然其词如"露浓香泛小庭花"，较前语似更幽艳。

【注释】

①沈文悫（què）：沈德潜。

②张泌：五代后蜀词人。

【引用诗词】

洞庭阻风

[五代后蜀] 张泌

空江浩荡景萧然，尽日菰蒲①泊钓船。

青草浪高三月渡，绿杨花扑一溪烟。

情多莫举伤春目，愁极兼无买酒钱。

犹有渔人数家住，不成村落夕阳边。

①菰蒲：菰和蒲，借指湖泊。

浣溪沙

[五代后蜀] 张泌

独立寒阶望月华，露浓香泛小庭花。绣屏愁背一灯斜。

云雨自从分散后，人间无路到仙家。但凭魂梦访天涯。

十三

（孙光宪①词）昔黄玉林②赏其"一庭花（当作'疏'）雨湿春愁"为古今佳句。余以为不若"片帆烟际闪孤光"，尤有境界也。

【注释】

①孙光宪：字孟文，五代南平词人。

②黄玉林：黄昇。

【引用诗词】

浣溪沙

［五代南平］孙光宪

揽镜无言泪欲流，凝情半日懒梳头。一庭疏雨湿
春愁。

杨柳只知伤怨别，杏花应信损娇羞。泪沾魂断轸①
离忧。

【注释】

①轸（zhěn）：悲痛。

浣溪沙

［五代南平］孙光宪

蓼①岸风多橘柚香，江边一望楚天长。片帆烟际闪
孤光。

目送征鸿飞杳杳，思随流水去茫茫。兰红波碧忆
潇湘。

①蓼（liǎo）：蓼科中部分植物的泛称。

以上录自《唐五代二十一家词辑诸跋》。

一四

先生（周清真）于诗文无所不工，然尚未尽脱古人蹊径。平生著述，自以乐府为第一。词人甲乙，宋人早有定论。惟张叔夏①病其意趣不高远。然北宋人如欧、苏、秦、黄，高则高矣，至精工博大，殊不逮先生。故以宋词比唐诗，则东坡似太白，欧、秦似摩诘②，耆卿似乐天③，方回、叔原则大历十子④之流。南宋惟一稼轩可比昌黎⑤。而词中老杜⑥则非先生不可。昔人以耆卿比少陵，犹为未当也。

【注释】

①张叔夏：张炎。

②摩诘：唐代王维（701—761，一说699—759），字摩诘。

③乐天：白居易。

④大历十子：唐代大历年间的十位诗人。他们是卢纶、吉中孚、韩翃、钱起、司空曙、苗发、崔峒、耿㳽、夏侯审、李端。

⑤昌黎：唐代韩愈（768—824），字退之。

⑥老杜：唐代杜甫（712—770），字子美，自号少陵野老，与李白合称"李杜"。杜甫也常被称为"老杜"。

一五

先生（清真）之词，陈直斋谓其多用唐人诗句檃栝入律，浑然天成。张玉田谓其善于融化诗句，然此不过一端。不如强焕云"模写物态，曲尽其妙"为知言也。

一六

山谷云："天下清景，不择贤愚而与之，然吾特疑端为我辈设。"诚哉是言。抑岂独清景而已，一切境界，无不为诗人设。世无诗人，即无此种境界。夫境界之呈于吾心而见于外物者，皆须臾之物，惟诗人能以此须臾之物，镌诸不朽之文字，使读者自得之。遂觉诗人之言，字字为我心中所欲言，而又非我之所能自言，此大诗人之秘妙也。境界有二：有诗人之境界，有常人之境界。诗人之境界，惟诗人能感之而能写之，故读其诗者亦高举远慕，有遗世之意。而亦有得有不得，且得之者亦各有深浅焉。若夫悲欢离合羁旅行役之感，常人皆能感之，而惟诗人能写之。故其入于人者至深，而行于世也尤广。（清真）先生之词，属于第二种为多。故宋时别本之多，他无与匹。又和者三家、注者二家。自士大夫以至妇人女子，莫不知有清真，而种种无稽之言，亦由此以起。然非入人之深，乌能如是耶？

一七

楼忠简①谓（清真）先生妙解音律。惟王晦叔②《碧鸡漫志》谓："江南某氏者，解音律，时时度曲。周美成与有瓜葛。每得一解，即为制词。故周集中多新声。"则集中新曲，非尽自度。然顾曲名堂，不能自已，固非不知音者。故先生之词，文字之外，须兼味其音律。惟词中所注宫调，不出教坊十八调之外。则其音非大晟乐府之新声，而为隋唐以来之燕乐，固可知也。今其声虽亡，读其词者，犹觉拗怒之中，自饶和婉。曼声促节，繁会相宜；清浊抑扬，辘轳交往。两宋之间，一人而已。

【注释】

①楼忠简：楼钥（1137—1213），字大防，号攻媿主人。

②王晦叔：王灼，字晦叔。宋代文学家。

一八

伪词最多。强焕本所增强半皆是。如《片玉词》上《青玉案》"良夜灯光簇如豆"一阕，乃改山谷《忆帝京》词为之者，决非先生作。

录自《清真先生遗事·尚论三》。

一九

（《云谣集杂曲子》）《天仙子》词，特深峭隐秀，堪与飞卿、端己抗行。

【引用诗词】

天仙子

其一

燕语啼时三月半，烟蘸柳条金线乱。五陵原上有仙娥，携歌扇，香烂漫。留住九华云一片。

犀玉满头花满面，负妾一双偷泪眼。泪珠若得似珍珠，拈不散，知何限。串向红丝应百万。

其二

燕语莺啼惊觉梦，羞见鸾台双舞凤。天仙别后信难通，无人问，花满洞。休把同心千遍弄。

叵耐不知何处去，正是花开谁是主。满楼明月应三更，无人语，泪如雨。便是思君肠断处。

以上录自《观堂集林·唐写本〈云谣集杂曲子〉跋》。

二〇

有明一代，乐府道衰。《写情》《扣舷》[①]，尚有宋元遗响。仁宣②以后，兹事几绝。独文愍③（夏言）以魁硕之才，起而振之。豪壮典丽，与于湖④、剑南为近。

【注释】

①《写情》《扣舷》：《写情集》是刘基词集。《扣舷集》是高启词集。

②仁宣：分别指明仁宋朱高炽（1424—1425年在位）、明宣宗朱瞻基（1426—1435年在位）。

③文愍（mǐn）：夏言（1482—1548），字公谨，官至首辅。

④于湖：张孝祥（1132—1169），字安国，号于湖居士，南宋词人。

以上录自《观堂外集·桂翁词跋》。

二一

欧公《蝶恋花》"面旋落花"云云，字字沉响，殊不可及。

【引用诗词】

蝶恋花

［北宋］欧阳修

面旋落花风荡漾。柳重烟深，雪絮飞来往。雨后轻寒犹未放，春愁酒病成惆怅。

枕畔屏山围碧浪。翠被华灯，夜夜空相向。寂寞起来褰①绣幌，月明正在梨花上。

【注释】

①褰（qiān）：掀起。

以上录自王国维旧藏《六一词》眉间批语。

二二

《片玉词》"良夜灯光簇如豆"一首，乃改山谷《忆帝京》词为之者。似屯田最下之作，非美成所宜有也。

【引用诗词】

青玉案

[北宋] 周邦彦

良夜灯光簇如豆。占好事、今宵有。酒罢歌阑人散后。琵琶轻放，语声低颤，灭烛来相就。

玉体偎人情何厚。轻惜轻怜转唧嗻。雨散云收眉儿皱。只愁彰露，那人知后，把我来僝僽①。

【注释】

①僝僽（chán zhòu）：折磨，埋怨。

忆帝京　私情

〔北宋〕黄庭坚

银烛生花如红豆。占好事、而今有。人醉曲屏深，借宝瑟、轻招手。一阵白蘋风，故灭烛、教相就。

花带雨、冰肌香透。恨啼鸟、辘轳声晓。岸柳微凉吹残酒。断肠时、至今依旧。镜中消瘦。那人知后，怕夯你来偎傻。

以上录自王国维旧藏《片玉词》眉间批语。

二三

温飞卿《菩萨蛮》："雨后却斜阳，杏花零落香。"少游之"雨余芳草斜阳。杏花零落（当作'乱'）燕泥香"，虽自此脱胎，而实有出蓝之妙。

【引用诗词】

菩萨蛮

〔唐〕温庭筠

南园满地堆轻絮，愁闻一霎清明雨。雨后却斜阳，杏花零落香。

无言匀睡脸，枕上屏山掩。时节欲黄昏，无聊独倚门。

画堂春　春情

[北宋] 秦观

东风吹柳日初长，雨余芳草斜阳。杏花零乱燕泥香，睡损红妆。

宝篆①烟消龙凤，画屏云锁潇湘。夜寒微透薄罗裳，无限思量。

【注释】

①宝篆：是古人焚香的美称。形容沉香燃烧时烟如篆状。

二四

白石尚有骨，玉田则一乞人耳。

二五

美成词多作态，故不是大家气象。若同叔、永叔，虽不作态，而一笑百媚生矣。此天才与人力之别也。

二六

周介存谓白石以诗法入词，门径浅狭，如孙过庭[①]书，但便后人模仿。予谓近人所以崇拜玉田，亦由于此。

【注释】

①孙过庭：字虔礼，唐代书法家、书法理论家。有《书谱》。

二七

予于词，五代喜李后主、冯正中，而不喜《花间》。宋喜同叔、永叔、子瞻、少游，而不喜美成。南宋只爱稼轩一人，而最恶梦窗、玉田。介存《词辨》所选词，颇多不当人意。而其论词则多独到之语。始知天下固有具眼人，非予一人之私见也。

以上录自王国维旧藏《词辨》眉间批语。

附录一　文学小言

（一）

　　昔司马迁推本汉武时学术之盛，以为利禄之途使然。余谓一切学问皆能以利禄劝，独哲学与文学不然。何则？科学之事业，皆直接间接以厚生利用为旨，故未有与政治及社会上之兴味相刺谬者也。至一新世界观与新人生观出，则往往与政治及社会上之兴味不能相容。若哲学家而以政治及社会之兴味为兴味，而不顾真理之如何，则又决非真正之哲学。以欧洲中世哲学之以辩护宗教为务者，所以蒙极大之污辱，而叔本华所以痛斥德意志大学之哲学者也。文学亦然。铺馁的文学，决非真正之文学也。

（二）

　　文学者，游戏的事业也。人之势力用于生存竞争而有余，于是发而为游戏。婉娈之儿，有父母以衣食之，以卵翼之，无所谓争存之事也。其势力无所发泄，于是作种种之游戏。逮争存之事亟，而游戏之道息矣。唯精神上之势力独优，而又不必以生事为急者，然后终身得保其游戏之性质。而成人以后，又不能以小儿之游戏为满足，于是对其自己之感情及所观察之事物而摹写之，咏叹之，以发泄所储蓄之势力。故民族文化之发达，非达一定之程度，则不能有文学；而个人之汲汲于争存者，决无文学家之资格也。

（三）

人亦有言，名者利之宾也。故文绣的文学之不足为真文学也，与餔餟的文学同。古代文学之所以有不朽之价值者，岂不以无名之见者存乎？至文学之名起，于是有因之以为名者，而真正文学乃复托于不重于世之文体以自见。逮此体流行之后，则又为虚车矣。故模仿之文学，是文绣的文学与餔餟的文学之记号也。

（四）

文学中有二原质焉：曰景，曰情。前者以描写自然及人生之事实为主，后者则吾人对此种事实之精神的态度也。故前者客观的，后者主观的也；前者知识的，后者感情的也。自一方面言之，则必吾人之胸中洞然无物，而后其观物也深，而其体物也切；即客观的知识，实与主观的感情为反比例。自他方面言之，则激烈之感情，亦得为直观之对象、文学之材料；而观物与其描写之也，亦有无限之快乐伴之。要之，文学者，不外知识与感情交代之结果而已。苟无锐敏之知识与深邃之感情者，不足与于文学之事。此其所以但为天才游戏之事业，而不能以他道劝者也。

（五）

古今之成大事业大学问者，不可不历三种之阶级。"昨夜西风凋碧树，独上高楼，望尽天涯路。"（晏同叔《蝶恋花》）此第一阶级也。"衣带渐宽终不悔，为伊消得人憔悴。"（欧阳永叔《蝶恋花》）此第二阶级也。"众里寻他千百度，回头蓦见，那人正在灯火阑珊处。"（辛幼安《青玉案》）此第三阶级也。未有不阅第一第、二阶级，而能遽跻第三阶级者。文学亦然。此有文学上之天才者，所以又需莫大之修养也。

（六）

三代以下之诗人，无过于屈子、渊明、子美、子瞻者。此四子者苟无文学之天才，其人格亦自足千古。故无高尚伟大之人格，而有高尚伟大之文学者，殆未之有也。

（七）

天才者，或数十年而一出，或数百年而一出，而又须济之以学问，帅之以德性，始能产真正之大文学。此屈子、渊明、子美、子瞻等所以旷世而不一遇也。

（八）

"燕燕于飞，差池其羽。""燕燕于飞，颉之颃之。""睍睆黄鸟，载好其音。""昔我往矣，杨柳依依。"诗人体物之妙，侔于造化，然皆出于离人孽子征夫之口，故知感情真者，其观物亦真。

（九）

"驾彼四牡，四牡项领。我瞻四方，蹙蹙靡所骋。"以《离骚》《远游》数千言言之而不足者，独以十七字尽之，岂不诡哉！然以讥屈子之文胜，则亦非知言者也。

（十）

屈子感自己之感，言自己之言者也。宋玉、景差感屈子之所感，而言其所言；然亲见屈子之境遇，与屈子之人格，故其所言，亦殆与言自己之言无异。贾谊、刘向其遇略与屈子同，而才则逊矣。王叔师以下，但袭其貌而无真情以济之。此后人之所以不复为楚人之词者也。

（十一）

屈子之后，文学上之雄者，渊明其尤也。韦、柳之视渊明，其如贾、刘之视屈子乎！彼感他人之所感，而言他人之所言，宜其不如李、杜也。

（十二）

宋以后之能感自己之感，言自己之言者，其唯东坡乎！山谷可谓能言其言矣，未可谓能感所感也。遗山以下亦然。若国朝之新城，岂徒言一人之言已哉？所谓"莺偷百鸟声"者也。

（十三）

诗至唐中叶以后，殆为羔雁之具矣。故五季、北宋之诗，（除一二大家外）无可观者，而词则独为其全盛时代。其诗词兼擅如永叔、少游者，皆诗不如词远甚。以其写之于诗者，不若写之于词者之真也。至南宋以后，词亦为羔雁之具，而词亦替矣（除稼轩一人外）。观此足以知文学盛衰之故矣。

（十四）

上之所论，皆就抒情的文学言之（《离骚》、诗词皆是）至叙事的文学（谓叙事诗、诗史、戏曲等，非谓散文也），则我国尚在幼稚之时代。元人杂剧，辞则美矣，然不知描写人格为何事。至国朝之《桃花扇》，则有人格矣，然他戏曲则殊不称是。要之，不过稍有系统之词，而并失词之性质者也，以东方古文学之国，而最高之文学无一足以与西欧匹者，此则后此文学家之责矣。

（十五）

抒情之诗，不待专门之诗人而后能之也。若夫叙事，则其所需之时日长，而其所取之材料富。非天才而又有暇日者不能。此诗家之数之所以不可更仆数，而叙事文学家殆不能及百分之一也。

（十六）

《三国演义》无纯文学之资格，然其叙关壮缪之释曹操，则非大文学家不办。《水浒传》之写鲁智深，《桃花扇》之写柳敬亭、苏昆生，彼其所为，固毫无意义。然以其不顾一己之利害，故犹使吾人生无限之兴味，发无限之尊敬，况于观壮缪之矫矫者乎？若此者，岂真如汗德所云，实践理性为宇宙人生之根本欤？抑与现在利己之世界相比较，而益使吾人兴无涯之感也？则选择戏曲小说之题目者，亦可以知所去取矣。

（十七）

　　吾人谓戏曲小说家为专门之诗人，非谓其以文学为职业也。以文学为职业，铺餟的文学也。职业的文学家，以文学得生活；专门之文学家，为文学而生活。今铺餟的文学之途，盖已开矣。吾宁闻征夫思妇之声，而不屑使此等文学嚣然污吾耳也。

　　（刊于1906年12月《教育世界》第139号。）

附录二　屈子文学之精神

　　我国春秋以前，道德政治上之思想、可分之为二派：一帝王派，一非帝王派。前者称道尧、舜、禹、汤、文、武，后者则称其学出于上古之隐君子，（如庄周所称广成子之类。）或托之于上古之帝王。前者近古学派，后者远古学派也。前者贵族派，后者平民派也。前者入世派，后者遁世派（非真遁世派，知其主义之终不能行于世，而遁焉者也）也。前者热性派，后者冷性派也。前者国家派，后者个人派也。前者大成于孔子、墨子，而后者大成于老子（老子、楚人，在孔子后，与孔子问礼之老聃系二人。说见汪容甫《述学·老子考》）。故前者北方派，后者南方派。此二派者，其主义常相反对，而不能相调和。初孔子与接舆、长沮、桀溺，荷蓧丈人之关系，可知之矣。战国后之诸学派，无不直接出于此二派，或出于混合此二派。故虽谓吾国固有之思想，不外此二者，可也。

　　夫然故吾国之文学，亦不外发表二种之思想。然南方学派则仅有散文的文学，如老子、庄、列是已。至诗歌的文学，则为北方学派之所专有。《诗》三百篇大抵表北方学派之思想者也。虽其中如《考槃》《衡门》等篇，略近南方之思想。然北方学者所谓"用之则行，舍之则藏"，"有道则见，无道则隐"者，亦岂有异于是哉？故此等谓之南北公共之思想则可，必非南方思想之特质也。然则诗歌的文学，所以独出于北方之学派中者，又何故乎？

诗歌者，描写人生者也（用德国大诗人希尔列尔之定义）。此定义未免太狭，今更广之曰"描写自然及人生"，可乎？然人类之兴味，实先人生，而后自然，故纯粹之模山范水，流连光景之作，自建安以前，殆未之见。而诗歌之题目，皆以描写自己之感情为主。其写景物也，亦必以自己深邃之感情为之素地，而始得于特别之境遇中，用特别之眼观之。故古代之诗，所描写者，特人生之主观的方面；而对人生之客观的方面，及纯处于客观界之自然，断不能以全力注之也。故对古代之诗，前之定义，宁苦其广，而不苦其隘也。

诗之为道，既以描写人生为事，而人生者，非孤立之生活，而在家族、国家及社会中之生活也。北方派之理想，置于当日之社会中，南方派之理想，则树于当日之社会外。易言以明之；北方派之理想，在改作旧社会；南方派之理想，在创造新社会，然改作与创造，皆当日社会之所不许也。南方之人，以长于思辨，而短于实行，故知实践之不可能，而即于其理想中求其安慰之地，故有遁世无闷，嚣然自得以没齿者矣。若北方之人，则往往以坚忍之志，强毅之气，持其改作之理想，以与当日之社会争；而社会之仇视之也，亦与其仇视南方学者无异，或有甚焉。故彼之视社会也，一时以为寇，一时以为亲，如此循环，而遂生欧穆亚之人生观。《小雅》中之杰作，皆此种竞争之产物也。且北方之人，不为离世绝俗之举，而日周旋于君臣父子夫妇之间，此等在在畀以诗歌之题目，与以作诗之动机。此诗歌的文学，所以独产于北方学派中，而无与于南方学派者也。

然南方文学中，又非无诗歌的原质也。南人想象力之伟大丰富，胜于北人远甚。彼等巧于比类，而善于滑稽：故言大则有若北溟之鱼，语小则有若蜗角之国；语久则大椿冥灵，语短则蟪蛄朝菌；至放襄城之野、七圣皆迷；汾水之阳，四子独往：此种想象决不能于北方文学中发见之，故庄、列书中之某部分，即谓之散文诗，无不可也。夫儿童想象力之活泼，此人人公认之事实也。国民文化发达之初期亦然，古代印度及希腊之壮丽之神话，皆此等想象之产物。以中国论，则南方之文化发达较后于北方，则南人之富于想象，亦自然之势也。此南方文学中之诗歌的特质之优于北方文学者也。

由此观之，北方人之感情，诗歌的也，以不得想象之助，故其所作遂止于小篇。南方人之想象，亦诗歌的也，以无深邃之感情之后援，故其想象亦散漫而无所丽，是以无纯粹之诗歌。而大诗歌之出，必须俟北方人之感情，与南方人之想象合而为一，即必通南北之驿骑而后可，斯即屈子其人也。

屈子南人而学北方之学者也，南方学派之思想，本与当时封建贵族之制度不能相容。故虽南方之贵族，亦常奉北方之思想焉，观屈子之文，可以徵之。其所称之圣王，则有若高辛，尧、舜、汤、少康、武丁、文、武，贤人则有若皋陶、挚说、彭、咸（谓彭祖、巫咸，商之贤臣也，与"巫咸将夕降兮"之巫咸，自是二人，《列子》所谓"郑有神巫，名季咸"者也）、比干、伯夷、吕望、宁戚、百里、介推、子胥，暴君则有若夏启、羿、浞、桀、纣，皆北方学者之所常称道，而于南方学者所称黄帝、广成等不一及焉。虽《远游》一篇，似专述南方之思想，然此实屈子愤激之词，如孔子之居夷浮海，非其志也。《离骚》之卒章，其旨亦与《远游》同。然卒曰："陟升皇之赫戏兮，忽临睨夫旧乡。仆夫悲余马怀兮，蜷局顾而不行。"《九章》中之《怀沙》，乃其绝笔，然犹称重华、汤、禹，足知屈子固彻头彻尾抱北方之思想，虽欲为南方之学者，而终有所不慊者也。

屈子之自赞曰"廉贞"。余谓屈子之性格，此二字尽之矣。其廉固南方学者之所优为，其贞则其所不屑为，亦不能为者也。女媭之詈，巫咸之占，渔父之歌，皆代表南方学者之思想，然皆不足以动屈子。而知屈子者，唯詹尹一人。盖屈子之于楚，亲则肺腑，尊则大夫，又尝管内政外交上之大事矣，其于国家既同累世之休戚，其于怀王又有一日之知遇，一疏再放，而终不能易其志，于是其性格与境遇相得，而使之成一种之欧穆亚。《离骚》以下诸作，实此欧穆亚所发表者也。使南方之学者处此，则贾谊（《吊屈原文》）、扬雄（《反离骚》）是，而屈子非矣。此屈子之文学，所负于北方学派者也。

然就屈子文学之形式言之，则所负于南方学派者，抑又不少。彼之丰富之想象力，实与庄、列为近。《天问》《远游》凿空之谈，求女谬悠之语，庄语之不足，而继之以谐，于是思想之游戏，更为自由矣。变《三百篇》之体，而为长句，变短什而为长篇，于是感情之发表，更为宛转矣。此皆古代北方文学之所未有，而其端自屈子开之，然所以驱使想象而成此大文学者，实由其北方之肫挚的性格。此庄周等之所以仅为哲学家，而周、秦间之大诗人，不能不独数屈子也。

要之诗歌者，感情的产物也。虽其中之想象的原质，（即知力的原质。）亦须有肫挚之感情，为之素地，而后此原质乃显。故诗歌者实北方文学之产物，而非儇薄冷淡之夫所能托也。观后世之诗人，若渊明，若子美，无非受北方学派之影响者。岂独一屈子然哉！岂独一屈子然哉！

（刊于1906年《教育世界》总140号，收入《静庵文集续编》。）

附录三　宋元戏曲考（节选）

序

　　凡一代有一代之文学：楚之骚、汉之赋、六代之骈语、唐之诗、宋之词、元之曲，皆所谓一代之文学，而后世莫能继焉者也。独元人之曲，为时既近，托体稍卑，故两朝史志与《四库》集部，均不著于录；后世儒硕，皆鄙弃不复道。而为此学者，大率不学之徒。即有一二学子，以余力及此，亦未有能观其会通，窥其奥窔者。遂使一代文献，郁堙沉晦者且数百年，愚甚惑焉。往者读元人杂剧而善之，以为能道人情，状物态，词采俊拔，而出乎自然，盖古所未有而后人所不能仿佛也。辄思究其渊源，明其变化之迹，以为非求诸唐宋辽金之文学，弗能得也。乃成《曲录》六卷、《戏曲考原》一卷、《宋大曲考》一卷、《优语录》二卷、《古剧脚色考》一卷、《曲调源流表》一卷。从事既久，续有所得，颇觉昔人之说，与自己之书，罅漏日多，而手所疏记，与心所领会者，亦日有增益。壬子岁莫，旅居多暇，乃以三月之力，写为此书。凡诸材料，皆余所搜集；其所说明，亦大抵余之所创获也。世之为此学者自余始，其所贡于此学者亦以此书为多，非吾辈才力过于古人，实以古人未尝为此学故也。写定有日，辄记其缘起，其有匡正补益，则俟诸异日云。

海宁王国维序。

元剧之结构

元剧以一宫调之曲一套为一折。普通杂剧，大抵四折，或加楔子。案《说文》（六）："楔、櫼也。"今木工于两木间有不固处，则斫木札入之，谓之楔子，亦谓之櫼。杂剧之楔子亦然。四折之外，意有未尽，则以楔子足之。昔人谓北曲之楔子，即南曲之引子，其实不然。元剧楔子，或在前，或在各折之间，大抵用〔仙吕·赏花时〕或〔端正好〕二曲。唯《西厢记》第二剧中之楔子，则用〔正宫·端正好〕全套，与一折等，其实亦楔子也。除楔子计之，仍为四折。唯纪君祥之《赵氏孤儿》，则有五折，又有楔子。此为元剧变例。又张时起之《赛花月秋千记》，今虽不存，然据《录鬼簿》所纪，则有六折。此外无闻焉。若《西厢记》之二十折，则自五剧构成，合之为一，分之则仍为五。此在元剧中亦非仅见之作。如吴昌龄之《西游记》，其书至国初尚存，其著录于《也是园书目》者云四卷，见于曹寅《楝亭书目》者云六卷。明凌濛初《西厢序》云"吴昌龄《西游记》有六本"，则每本为一卷矣。凌氏又云："王实甫《破窑记》《丽春园》《贩茶船》

《进梅谏》《于公高门》，各有二本。关汉卿《破窑记》《浇花旦》，亦各有二本。"此必与《西厢记》同一体例。此外《录鬼簿》所载如李文蔚有《谢安东山高卧》，下注云"赵公辅次本"，而于赵公辅之《晋谢安东山高卧》下，则注云"次本"；武汉臣有《虎牢关三战吕布》，下注云"郑德辉次本"，而于郑德辉此剧下，则注云"次本"。盖李、武二人作前本，而赵、郑续之，以成一全体者也。余如武汉臣之《曹伯明错勘赃》，尚仲贤之《崔护谒浆》，赵子祥之《太祖夜斩石守信》《风月害夫人》、赵文殷之《宦门子弟错立身》，金仁杰之《蔡琰还朝》，皆注"次本"。虽不言所续何人，当亦续《西厢记》之类。然此不过增多剧数，而每剧之以四折为率，则固无甚出入也。

　　杂剧之为物，合动作、言语、歌唱三者而成。故元剧对此三者，各有其相当之物。其纪动作者，曰科；纪言语者，曰宾、曰白；纪所歌唱者，曰曲。元剧中所纪动作，皆以科字终。后人与白并举，谓之科白，其实自为二事。《辍耕录》纪金人院本，谓教坊"魏、武、刘三人，鼎新编辑，魏长于念诵，武长于筋斗，刘长于科泛"，科泛或即指动作而言也。宾白，则余所见周宪王自刊杂剧，每剧题目下，即有全宾字样。明姜南《抱璞简记》（《续说郛》卷十九）曰"北曲中有全宾全白。两人相说曰宾，一人自说曰白"，则宾白又有别矣。臧氏《元曲选序》云："或谓元取士有填词科，（中略）主司所定题目外，止曲名及韵耳。其宾白，则演剧时伶人自为之，故多鄙俚蹈袭之语。"填词取士说之妄，今不必辨。至谓宾白为伶人自为，其说亦颇难通。元剧之词，大抵曲白相生。苟不兼作白，则曲亦无从作，此最易明之理也。今就其存者言之，则《元曲选》中百种，无不有白，此犹可诬为明人之作也。然白中所用之语，如马致远《荐福碑》剧中之"曳剌"，郑光祖《王粲登楼》剧中之"点汤"，一为辽金人语，一为宋人语，明人已无此语，必为当时之作无疑。至《元刊杂剧三十种》，则有曲无白者诚多；然其与《元曲选》复出者，字句亦略相同，而有曲白相生之妙，恐坊间刊刻时，删去其白，如今日坊刊脚本然。盖白则人人皆知，而曲则听者不能尽解。此种刊本，当为供观剧者之便故也。且元剧中宾白，鄙俚蹈袭者固多；然其杰作如《老生儿》等，其妙处全在于白。苟去其白，则其曲全无意味。欲强分为二人之作，安可得也。且周宪王时代，去元未远，观其所自刊杂剧，曲白俱全。则元剧亦当如此。愈以知臧说之不足信矣。

元剧每折唱者，止限一人，若末，若旦；他色则有白无唱，若唱，则限于楔子中，至四折中之唱者，则非末若旦不可。而末若旦所扮者，不必皆为剧中主要之人物；苟剧中主要之人物于此折不唱，则亦退居他色，而以末若旦扮唱者，此一定之例也。然亦有出于例外者，如关汉卿之《蝴蝶梦》第三折，则旦之外，俫儿亦唱；尚仲贤之《气英布》第四折，则正末扮探子唱，又扮英布唱；张国宾之《薛仁贵》第三折，则丑扮禾旦上唱，正末复扮伴哥唱；范子安之《竹叶舟》第三折，则首列御寇唱，次正末唱。然《气英布》剧探子所唱，已至尾声，故元刊本及《雍熙乐府》所选，皆至尾声而止，后三曲或后人所加。《蝴蝶梦》《薛仁贵》中，俫及丑所唱者，既非本宫之曲，且刊本中皆低一格，明非曲。《竹叶舟》中，列御寇所唱，明曰道情，至下〔端正好〕曲，乃入正剧。盖但以供点缀之用，不足破元剧之例也。唯《西厢记》第一、第四、第五剧之第四折，皆以二人唱，今《西厢》只有明人所刊，其为原本如此，抑由后人窜入，则不可考矣。

元剧脚色中，除末、旦主唱，为当场正色外，则有净有丑。而末、旦二色，支派弥繁。今举其见于元剧者，则末有外末、冲末、二末、小末，旦有老旦、大旦、小旦、旦俫、色旦、搽旦、外旦、贴旦等。《青楼集》云："凡妓以墨点破其面为花旦"，元剧中之色旦、搽旦，殆即是也。元剧有外旦、外末，而又有外；外则或扮男，或扮女，当为外末、外旦之省。外末、外旦之省为外，犹贴旦之后省为贴也。案《宋史·职官志》："凡直馆院则谓之馆职，以他官兼者谓之贴职。"又《武林旧事》（卷四）"乾淳教坊乐部"，有"衙前"，有"和顾"，而和顾人中，如朱和、蒋宁、王原全下，皆注云"次贴衙前"，意当与贴职之贴同，即谓非衙前而充衙前（衙前谓临安府乐人）也。然则曰冲、曰外、曰贴，均系一义，谓于正色之外，又加某色，以充之也。此外见于元剧者，以年龄言，则有若孛老、卜儿、徕儿，以地位职业言，则有若孤、细酸、伴哥、禾旦、曳刺、邦老，皆有某色以扮之，而其自身则非脚色之名，与宋、金之脚色无异也。

元剧中歌者与演者之为一人，固不待言。毛西河《词话》，独创异说，以为演者不唱，唱者不演。然《元曲选》各剧，明云末唱、旦唱，《元刊杂剧》亦云"正末开"或"正末放"，则为旦、末自唱可知。且毛氏"连厢"之说，元、明人著述中从未见之，疑其言犹蹈明人杜撰之习。即有此事，亦不过演剧中之一派，而不足以概元剧也。

演剧时所用之物，谓之砌末。焦理堂《易余龠录》（卷十七）曰："《辍耕录》有诸杂砌之目，不知所谓。案：元曲《杀狗劝夫》，只从取砌末上，谓所埋之死狗也；《货郎旦》外旦取砌末付净科，谓金银财宝也。《梧桐雨》正末引宫娥挑灯拿砌末上，谓七夕乞巧筵所设物也。《陈抟高卧》外扮使臣引卒子捧砌末上，谓诏书缥帛也。《冤家债主》和尚交砌末科，谓银也。《误入桃源》正末扮刘晨，外扮阮肇带砌末上，谓行李包裹或采药器具也。又净扮刘德引沙三、王留等将砌末上，谓春社中羊酒、纸钱之属也。"余谓焦氏之解砌末是也。然以之与杂砌相牵合，则颇不然。杂砌之解，已见上文，似与砌末无涉。砌末之语，虽始见元剧，必为古语。案宋无名氏《续墨客挥犀》（卷七）云："问今州郡有公宴，将作曲，伶人呼细抹将来，此是何义？对曰：凡御宴进乐，先以弦声发之，然后众乐和之，故号丝抹将来。今所在起曲，遂先之以竹声，不唯讹其名，亦失其实矣。"又张表臣《珊瑚钩诗话》（卷二）亦云："始作乐必曰丝末将来，亦唐以来如是。"余疑砌末或为细末之讹。盖丝抹一语，既讹为细末，其义已亡，而其语独存，遂误视为将某物来之意，因以指演剧时所用之物耳。

元剧之文章

元杂剧之为一代之绝作，元人未之知也。明之文人始激赏之，至有以关汉卿比司马子长者（韩文靖邦奇）。三百年来，学者文人，大抵屏元剧不观。其见元剧者，无不加以倾倒。如焦理堂《易余籥录》之说，可谓具眼矣。焦氏谓一代有一代之所胜，欲自楚骚以下，撰为一集，汉则专取其赋，魏晋六朝至隋，则专录其五言诗，唐则专录其律诗，宋专录其词，元专录其曲。余谓律诗与词，固莫盛于唐宋，然此二者果为二代文学中最佳之作否，尚属疑问。若元之文学，则固未有尚于其曲者也。元曲之佳处何在？一言以蔽之，曰：自然而已矣。古今之大文学，无不以自然胜，而莫著于元曲。盖元剧之作者，其人均非有名位学问也。其作剧也，非有藏之名山，传之其人之意也。彼以意兴之所至为之，以自娱娱人。关目之拙劣，所不问也；思想之卑陋，所不讳也；人物之矛盾，所不顾也。彼但摹写其胸中之感想与时代之情状，而真挚之理与秀杰之气，时流露于其间。故谓元曲为中国最自然之文学，无不可也。若其文字之自然，则又为其必然之结果，抑其次也。

明以后，传奇无非喜剧，而元则有悲剧在其中。就其存者言之，如《汉宫秋》《梧桐雨》《西蜀梦》《火烧介子推》《张千替杀妻》等，初无所谓先离后合，始困终亨之事也。其最有悲剧之性质者，则如关汉卿之《窦娥冤》、纪君祥之《赵氏孤儿》。剧中虽有恶人交构其间，而其蹈汤赴火者，仍出于其主人翁之意志，即列之于世界大悲剧中，亦无愧色也。

元剧关目之拙，固不待言。此由当日未尝重视此事，故往往互相蹈袭，或草草为之。然如武汉臣之《老生儿》，关汉卿之《救风尘》，其布置结构，亦极意匠惨淡之致，宁较后世之传奇，有优无劣也。

然元剧最佳之处，不在其思想结构，而在其文章。其文章之妙，亦一言以蔽之，曰：有意境而已矣。何以谓之有意境？曰：写情则沁人心脾，写景则在人耳目，述事则如其口出是也。古诗词之佳者，无不如是。元曲亦然。明以后，其思想结构尽有胜于前人者，唯意境则为元人所独擅。兹举数例以证之。其言情述事之佳者，如关汉卿《谢天香》第三折：

〔正宫·端正好〕我往常在风尘，为歌妓，不过多见了几个筵席，回家来仍作个自由鬼。今日倒落在无底磨牢笼内！

马致远《任风子》第二折：

〔正宫·端正好〕添酒力晚风凉，助杀气秋云暮，尚兀自脚趔趄醉眼模糊。他化的我一方之地都食素，单则俺杀生的无缘度。

语语明白如画，而言外有无穷之意。又如《窦娥冤》第二折：

〔斗虾蟆〕空悲戚，没理会，人生死，是轮回。感着这般病疾，值着这般时势，可是风寒暑湿，或是饥饱劳役，各人证候自知。人命关天关地，别人怎生替得？寿数非干一世，相守三朝五夕。说甚一家一计，又无羊酒缎匹，又无花红财礼，把手为活过目，撒手如同休弃。不是窦娥忤逆，生怕旁人论议。不如听咱劝你，认个自家悔气，割舍的一具棺材停置，几件布帛收拾，出了咱家门里，送入他家坟地。这不是你那从小儿年纪，指脚的夫妻，我其实不关亲，无半点凄怆泪。休得要心如醉，意似痴，便这等嗟嗟怨怨，哭哭啼啼。

此一曲直是宾白，令人忘其为曲。元初所谓当行家，大率如此；至中叶以后，已罕觏矣。其写男女离别之情者，如郑光祖《倩女离魂》第三折：

〔醉春风〕空服遍晒眩药不能痊，知他这暗膊病何日起。要好时直等的见他时，也只为这症候因他上得。得，一会家缥渺呵，忘了魂灵。一会家精细呵，使著躯壳。一会家混沌呵，不知天地。

〔迎仙客〕日长也愁更长，红稀也信尤稀，春归也奄然人未归。我则道相别也数十年，我则道相隔着数万里。为数归期，则那竹院里刻遍琅玕翠。

此种词如弹丸脱手，后人无能为役。唯南曲中《拜月》《琵琶》差能近之。至写景之工者，则马致远之《汉宫秋》第三折：

〔梅花酒〕呀！对着这回野凄凉，草色已添黄，兔起早迎霜，犬褪得毛苍，人搦起缨枪，马负着行装，车运着糇粮，打猎起围场。他他他伤心辞汉主，我我我携手上河梁。他部从，入穷荒；我銮舆，返咸阳。返咸阳，过宫墙，过宫墙；绕回廊，绕回廊，近椒房；近椒房，月昏黄；月昏黄，夜生凉；夜生凉，泣寒螿；泣寒螿，绿纱窗；绿纱窗，不思量。

〔收江南〕呀！不思量，便是铁心肠，铁心肠也愁泪滴千行；美人图今夜挂昭阳，我那里供养，便是我高烧银烛照红妆。

〔尚书云〕陛下回銮罢，娘娘去远了也。（驾唱）

〔鸳鸯煞〕我煞大臣行，说一个推辞谎，又则怕笔尖儿那火编修讲。不见那花朵儿精神，怎趁那草地里风光。唱道伫立多时，徘徊半晌，猛听的塞雁南翔，呀呀的声嘹亮，却原来满目牛羊，是兀那载离恨的毡车半坡里响。

以上数曲，真所谓写情则沁人心脾，写景则在人耳目，述事则如其口出者。第一期之元剧，虽浅深大小不同，而莫不有此意境也。

古代文学之形容事物也，率用古语，其用俗语者绝无。又所用之字数亦不甚多。独元曲以许用衬字故，故辄以许多俗语或以自然之声音形容之。此自古文学上所未有也。兹举其例，如《西厢记》第四剧第四折：

〔雁儿落〕绿依依墙高柳半遮，静悄悄门掩清秋夜，疏刺刺林梢落叶风，昏惨惨云际穿窗月。

〔得胜令〕惊觉我的是颤巍巍竹影走龙蛇，虚飘飘庄周梦蝴蝶，絮叨叨促织儿无休歇，韵悠悠砧声儿不断绝，痛煞煞伤别，急煎煎好梦儿应难舍，冷清清的咨嗟，娇滴滴玉人儿何处也？

此犹仅用三字也。其用四字者，如马致远《黄粱梦》第四折：

〔叨叨令〕我这里稳丕丕土炕上迷颩没腾的坐，那婆婆将粗剌剌陈米喜收希和的播，那寒驴儿柳阴下舒着足乞留恶滥的卧，那汉子去脖项上婆娑没索的摸。你则早醒来了也么哥，你则早醒来了也么哥，可正是窗前弹指时光过。

其更奇绝者，则如郑光祖《倩女离魂》第四折：

〔古水仙子〕全不想这姻亲是旧盟，则待教燠庙火刮刮匝匝烈焰生。将水面上鸳鸯忒楞楞腾分开交颈，疏剌剌沙鞴雕鞍撒了锁鞚，厮琅琅汤偷香处喝号提铃，支楞楞争弦断了不续碧玉筝，吉丁丁珰精砖上摔破菱花镜，扑通通东井底坠银瓶。

又无名氏《货郎旦》剧第三折，则所用叠字，其数更多：

〔货郎儿六转〕我则见黯黯惨惨天涯云布，万万点点潇湘夜雨；正值著窄窄狭狭沟沟堑堑路崎岖，黑黑黯黯形云布，赤留赤律潇潇洒洒断断续续，出出律律忽忽鲁鲁阴云开处，霍霍闪闪电光星注；正值着飕飕摔摔风，淋淋渌渌雨，高高下下凹凹答答一水模糊，扑扑簌簌湿湿渌渌疏林人物，却便似一幅惨惨昏昏潇湘水墨图。

由是观之，则元剧实于新文体中自由使用新言语。在我国文学中，于《楚辞》《内典》外，得此而三。然其源远在宋金二代，不过至元而大成。其写景、抒情、述事之美，所负于此者，实不少也。

元曲分三种，杂剧之外，尚有小令、套数。小令只用一曲，与宋词略同。套数则合一宫调中诸曲为一套，与杂剧之一折略同。但杂剧以代言为事，而套数则以自叙为事，此其所以异也。元人小令套数之佳，亦不让于其杂剧。兹各录其最佳者一篇，以示其例，略可以见元人之能事也。

小令

〔天净沙〕（无名氏。此词《庶斋老学丛谈》及元刊《乐府新声》，均不著名氏，《尧山堂外纪》以为马致远撰，朱竹垞《词综》仍之，不知何据。）

枯藤老树昏鸦，小桥流水人家，古道西风瘦马，夕阳西下，断肠人在天涯。

套数

《秋思》（马致远。见元刊《中原音韵》《乐府新声》。）

〔双调·夜行船〕百岁光阴如梦蝶，重回首往事堪嗟！昨日春来，今朝花谢，急罚盏夜阑灯灭。

〔乔木查〕秦宫汉阙，做衰草牛羊野，不恁渔樵无话说。纵荒坟横断碑，不辨龙蛇。

〔庆宣和〕投至狐踪与兔穴，多少豪杰，鼎足三分半腰折，魏耶？晋耶？

〔落梅风〕天教富，不待奢，无多时好天良夜，看钱奴硬将心似铁，空辜负锦堂风月。

〔风入松〕眼前红日又西斜，疾似下坡车，晚来清镜添白雪，上床与鞋履相别。莫笑鸠巢计拙，葫芦提一就装呆。

〔拨不断〕利名竭，是非绝，红尘不向门前惹，绿树偏宜屋角遮，青山正补墙东缺，竹篱茅舍。

〔离亭宴煞〕蛩吟罢一枕才宁贴，鸡鸣后万事无休歇，算名利何年是彻！密匝匝蚁排兵，乱纷纷蜂酿蜜，闹穰穰蝇争血。裴公绿野堂，陶令白莲社，爱秋来那些？和露滴黄花，带霜烹紫蟹，煮酒烧红叶。人生有限杯，几个登高节？嘱付与顽童记者，便北海探吾来，道东篱醉了也。

〔天净沙〕小令，纯是天籁，仿佛唐人绝句。马东篱《秋思》一套，周德清评之以为万中无一，明王元美等亦推为套数中第一，诚定论也。此二体虽与元杂剧无涉，可知元人之于曲，天实纵之，非后世所能望其项背也。